在记忆、行走和思考之间

李浩 著

中国纺织出版社有限公司

内 容 提 要

自然风物之树、蜂、猫，生活意趣之厨房、端午、春节，行走旅程之茅台、松山湖、两棵树。这是我们平淡生活里的乐趣，精神里的故乡，就像一种细细的光。

《在记忆、行走和思考之间》是"故事魔法师"李浩的精选散文合集，收入了《时间树，父亲树》《春节琐记》《关于，厨房》等作品。作者在书中的插画文人气质浓郁，重笔墨、重意趣。关于故乡、关于至亲、关于人生。赋惯常予新奇，处处闪现着生命之光。

图书在版编目（CIP）数据

在记忆、行走和思考之间 / 李浩著. -- 北京：中国纺织出版社有限公司，2024.5
ISBN 978-7-5229-0553-2

Ⅰ. ①在… Ⅱ. ①李… Ⅲ. ①散文集－中国－当代 Ⅳ. ①I267

中国国家版本馆 CIP 数据核字（2023）第 075422 号

责任编辑：向连英　　　　特约编辑：武亭立
责任校对：寇晨晨　　　　责任印制：储志伟

中国纺织出版社有限公司出版发行
地址：北京市朝阳区百子湾东里A407号楼　邮政编码：100124
销售电话：010—67004422　传真：010—87155801
http://www.c-textilep.com
中国纺织出版社天猫旗舰店
官方微博 http://weibo.com/2119887771
北京华联印刷有限公司印刷　各地新华书店经销
2024 年 5 月第 1 版第 1 次印刷
开本：880×1230　1/32　印张：6
字数：90 千字　定价：59.80 元

凡购本书，如有缺页、倒页、脱页，由本社图书营销中心调换

童儿放手无拘束,调牧于今已得心

灵山多秀色，空水共氤氲

此处绝无烟火气，清静只余水泉声

馬洛亞牧師提著一只黑色的瓦罐上了教堂後邊的大街一眼便看到鐵匠上官福祿的妻子上官呂氏彎著腰手持一把掃炕笤帚正在大街上掃土他的心急劇地跳起來嘴唇哆嗦著低語道上帝萬能的主上帝他用僵硬的手指在胷前畫了個十字便慢慢地退到牆角默默地觀察著高大肥胖的上官呂氏她悄悄地專注地把笯炟露潮濕了的浮土中的雜物揀出扔掉這個肥大的婦人動作笨拙但異常有力

敬錄莫言小說文字 李浩書

录莫言先生《丰乳肥臀》文字

序

一笔诗意一笔墨

戊戌年秋，二十余位中外作家齐聚广东观音山国家森林公园，载歌载舞之余，王羲之"兰亭盛会"景象突映脑际。机缘巧妙，何不效"兰渚山"之乐，邀诸作家以书画之技助兴？

古有文人王羲之、苏轼、王维、唐寅等能文善画，今亦有李浩、王祥夫、叶梅、兴安、张瑞田等能文善画。观音山国家森林公园黄淦波董事长闻之大喜，迅速安排，条案毛毡，笔墨纸砚，样样俱全。大厅内，作家中好书画者兴致勃勃，纷纷蘸墨运笔：画虫者，左手把酒右手挥毫，一只小翅细腻如丝；有书者，"大江东去"，狂草如歌；画山水者，奇峰竞秀，跃然纸上……

夜半月朗，书者、画者，各展其技，兴趣盎然，观之悦心，随口吟出——

在记忆、行走和思考之间

作家书画香满坡，

一笔诗意一笔墨。

举杯望月邀羲之，

文人书画有衣钵！

此情此景，"作家好书画"之意境，嵌入心底。

回首 2014 年，时逢《民族文学》少数民族文字版改版，为使杂志封面设计和内容皆与大刊相符，开拓创新乃唯一路径。结合前些年创办《中国化工报·文化周刊》的经验，版面的美化以图文并茂为佳，而将此法移植到杂志上，须加以改革、创新，将作家的文学作品配之自己的书画作品同时刊出，达到"文与书画两相宜"，真正做到文章书画的结合相得益彰，如此创意还属首次。于是，环视作家中能文善书画之大家，首先向两届茅盾文学奖获得者张洁女士、中国文联副主席冯骥才先生、中国作协副主席贾平凹先生说明创意并发出邀请，每人选一篇自己的精美短文，配上十幅自己的书法或画作，形式不拘一格。如此打造的新刊，犹如"大姑娘上轿"，围观者众也。

悠悠数载，凡举办采风活动亦必邀作家中好（hào）书画者和书画家同往，酒过三巡，星月满天之际，书画笔会便成为每次采风活动的亮点及保留项目。

/ 序·一笔诗意一笔墨 /

一日，望着书画家们忘情挥毫，看众人围观索要书画场面热烈，忽生一念，若组织作家中文笔书画俱佳者出一套图文并茂的散文集，定会大受追捧。

此念萌生，立即行动。2023年一个春光烂漫的日子，与中国纺织出版社有限公司的编辑一拍即合。凡满足以下要素者，方可入选"作家好书画"集：此书画者须是作家身份；书画要有作家趣味；艺术作品不以追求价值为目的，贵在不像之像的神似；凡书画作品乃为文学作品之延伸或曰万丈豪情寄于山水花鸟；作家之特点每篇作品杜绝自我重复，其书画艺术需秉承文学创作之创新理念，皆通过作家笔墨创作出会说话、巧思考、有新意、别具一格的书画作品，配之美文，此集风格独特，文与书画相得益彰，可谓出版新风尚。

"众里寻之千百度"，李浩、王祥夫、叶梅、兴安、张瑞田五位大家的散文与书画作品珠联璧合，特色彰显，成为"作家好书画"第一辑的受邀者。

组织书稿时，边赏边赞，五位作者不愧为大家，以文而言，小说散文皆得心应手；以书画而论，四位擅画，一位擅书，皆为业界翘楚。

作家李浩是鲁迅文学奖获得者，《在记忆、行走和思考之间》这部散文集中，他以新锐的视角去解读现实生活，赋惯常予新奇，在他的笔下，树、瓷、蜜蜂、狐狸和兔子不仅闪现生命之光，还透着缕缕哲思的痕迹。李浩在书中的插画文人气质浓郁，其中多是临摹黄宾虹、朱耷、石涛、沈周，但个人特点清晰，他将古典的雅致、妥洽、安静，以及重笔墨、重意趣的诉求，乃至对空白处的苦心经营都纳入自己的作品中，使画面的表现力更为丰沛。

作家王祥夫是鲁迅文学奖获得者，将散文创作的视角投射到日常生活中，以犀利的目光探寻人性，用文字描写中华民族历史文化记忆。他以描写特定场景为主题所创作的《绿皮火车穿过长夜》，文中藏画，画中显文。其文如画，信手拈来，不刻意为文，皆从生活中、性情中、思想中流淌而出，是非"作"之举，是一种独特的生命体悟。

作家叶梅以生态为主题创作的《知春集》，以对生态环境的细致观察立经纬，运用清新自然的文字，寻找、挖掘人性中本真的美。叶梅《知春集》中的插画别具一格，梅花之美不在花艳，而在梅格。从叶梅的画中恰能看出画中深意，那正是一种梅花气质，使人领略到深刻的人生意义。物质、金钱或将化归尘土，唯有文章书画之精髓可流传于世。

作家兴安的散文创作一直突显直观、率性的特点，让读者感受到一个蒙古族汉子内心傲视生活、敬畏草原的精神世界。

他以画马在文坛、画界声名鹊起。究其根由是在中学时期练就了扎实的绘画功底，使其创作在写实和抽象、工笔与写意的转换中游刃有余，其独创的抽象性极强的各种姿态的马，辨识度很高，表现了自然与生命的深刻要义，每幅作品都让人驻足久观，透过其潇洒的笔墨，深悟其奥。

作家张瑞田以艺术记趣为主色调创作了《且慢》散文集，以侠气素心著称，且书且文，引领读者走进文人的斑斓世界。张瑞田少年学书，问古临帖，伴随他的生命成长与文学写作。因此，在他的书法中能够领悟到氤氲的书卷气，以及日渐稀少的文人品格。他的隶书倾向"朴实"，在其隶书中，没有头重脚轻的结构颠倒，也不刻意营造一个字与一幅字的视觉冲突，沉稳中显露泰山之气。

五人风采，观之甚喜，效昔日文人之情怀，展当代作家之才艺，文章书画巧融一体。心潮澎湃之际一段文字涌出心底：

雄鸡不常鸣，一日只一啼，但却让黑夜变成了白天。
绘画不说话，文字默无声，但却让观赏者感慨万千。
张张素纸，笔走龙蛇，让汉字与山川有了想象空间。
行行宋体，铅华无饰，文善事善内心充盈锦瑟无端。

"作家好书画"且文且书且画，以这般整体而新颖的形式隆重出现在广大读者面前，如一缕檀香，渐侵脏腑。画淡了封面，晕开了文章，以画为幕，以文为歌，序幕入眼，尾声入心。随着"作家好书画"的问世，激发读者对"新文人"的推崇，由此，可窥见作家文字以外的"心灵与技能之光"。

南宋邓椿《画继》中言："画者，文之极也。"作家画家历来强调文学修养，而邓椿的理论则是把文学修养强调到了极致，认为绘画不仅仅是技艺，而且是人文之极。这可谓中国作家书画的点睛之句，用到李浩、王祥夫、叶梅、兴安、张瑞田诸君身上，恰如其分。把文学作品不易表现、内心表达无法张扬的情境，以风趣的书法，灵动的画面，呈给读者赏鉴，携士气、文气、灵气、笔气、墨气而出，凝目而思时，或精神外延，或暗含深邃……

正所谓，抚其书，一泓清溪沁润肺腑；览其文，襟胸顿阔流连难舍；犹舀一瓢"真水"，涤目清心；似取一抔"厚土"，育善养德；亦餐一顿药膳，身心俱健。惟此、惟此，幸甚、幸甚。

是为序。

赵晏彪
北京语言大学国际写作中心 会　长
《中国文艺家》编委会 主　任
作家好书画·书系 总策划
2023年9月于三境轩

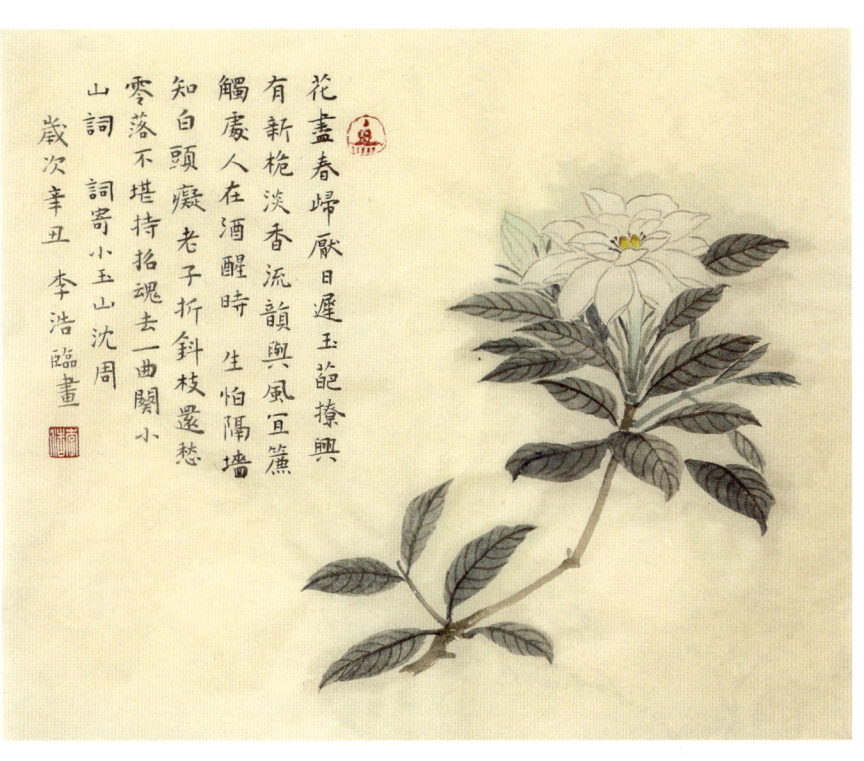

花尽春归厌日迟

叁 短章：心灵与脚趾的旅程

小断章三篇 / 133
松山湖杂记 / 144
关于, 厨房 / 151
茅台琐记 / 159
在点点和兔子之间 / 166
两棵树 / 172

目录

壹 长歌：记忆之光

时间树，父亲树 / 003

那年端午，和父亲的瓷 / 048

春节琐记 / 059

贰 中调：乡野狂想曲

蜜蜂，蜜蜂 / 077

父亲树 / 091

父亲，猫和老鼠 / 114

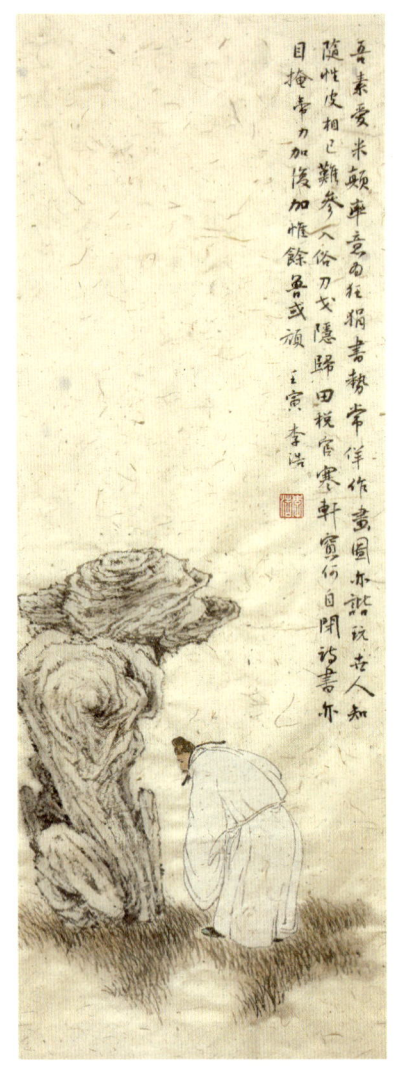

吾素爱米颠，率意为狂狷

壹

长歌：
记忆之光

过年，
它意味着新衣、新鞋、糖果和油炸的面团，
意味着能吃到肉，
意味着有鞭炮可放，
尽管我们能得到的鞭炮实在少得可怜。

时间树，父亲树

时间树

我愿意接受时间是一株生长之树的比喻，在我看来时间会像树一样生长，不只开枝散叶，还会生出向下的、向后的根须……在我的成长中，这种有限的岁月里，向下、向后的根须也是生长的，逐步壮大起来的，这，也是我把父亲看作是一株树的原因。父亲，是隐喻也是代指，它具有象征，我个人喜欢一切具有象征的事与物，这种偏好也许出自写作的训练。

"时间的城市"是我的网名,我用它十几年了。它出自庞德的《罗马城》,我做了部分的修改——在这里我不准备对它继续阐释,要说的仅是我对时间问题的关注和着迷。它是一株树,我能够敏感地感受到它的生长之声,以及可能的衰老之声。

时间,是建构,是逻辑,是叙述之线,是……对于一个个人而言,它是生长的树,我以为。它是一株树。在这篇与故乡、记忆和自我有关的文字中,我想"回归种子",从我出生的那个寒冷的时间开始讲起。

确实是一个寒冷的时间,它很可能在一出现的时候就被冻住,结成细细的冰的形状……那时候的冬天比现在要冷,我不知道它是不是部分地属于"错觉",但感受上如此。

我出生的时候我的村庄已进入午夜,当然那时的辛集村还不能算是"我的",那时,我还是一个没有名字、没有存在感的"不明之物"。关于我的出生,我知道的是一个略显肥胖的阿姨接生的,后来她的女儿是我的同学;我知道的是在我出生的那个午夜,鞭炮声此起彼伏,空气里布满了纸片和硝烟的气息,不够密闭的房间里也是如此。而在我出生的那一刻,鞭炮声再一次增大,骤然地,从四面八方涌来,邻近村庄里的鞭炮声也远远传来，它们也变得盛大而浑厚……

我的出生造不成这样大的响动，我没么重要。村庄里的迎接另有其因，因为那时间恰是春节，大年夜。我不过是凑巧在那个时间段出生，我不能厚颜无耻地认定家家户户的鞭炮齐鸣与我有关，他们迎接的不是我，而是新年，是一个新开始。我不过是偶尔地落在了这个"开始"的支点上而已。

可它却对我有过潜在的影响。我承认，它影响着我的心理，在一个相对漫长的时间里我觉得自己"可能"是一个大人物，将会影响到国家和人类的进程，我会像某某某、某某某那样创造人生的奇迹……这一暗示现在依然会悄悄地起些作用，包括在文学上。我承认自己是一个野心勃勃的人，在我的文学中，我愿意并始终坚持"创造一个世界"，让我部分地在那个自我所创造的世界里容身。我也反复地引用奥尼尔的一句话并将其中的"戏剧"改为更宽阔些的"文学"：不和上帝发生关系的文学是无趣的。我愿意体谅那个上帝并与他小有博弈。这份野心中，有多少是后天的自我塑造，又有多少源自……我不知道，我说不清楚。但它，真的是有持续的影响，一直。虽然我也曾一次次地对这一影响进行嘲笑。

据说我出生于凌晨，不多不少，正月初一的凌晨一点，钟表里的物理时间刚刚跨到"新开始"不久,守夜的一家人刚刚放过鞭炮,将煮好的水饺供向天地和毛主席,我便以一个僻乡"午夜之子"的身份来到这个非我所创造的世界。我和新的一年同时出生,我的村庄以及更阔大的东方声音嘹亮地迎接新年的出生并顺便也迎接了我——对于这一点,我选择信也选择不信。

我难以不可否认地认为我恰好出生于那个特殊的时间点上,很可能,我出生的时间略有提前,而我的父母和爷爷、奶奶则有意地挪动了一下时间线,将我从1970年的"最后一日"挪到了1971年的"最初一日";或者,我出生得略晚,三四点钟,但出于同样的原因和虚荣,他们还是挪动了时间,让我能够恰好最大,是一个开始的开始——以我对我父母亲的了解,他们会如此,很可能如此;以我对我爷爷奶奶的了解,他们也会如此,至少会默认,再不揭穿。

1971年,大年初一,凌晨一时,我在河北省海兴县辛集村村东的一栋破旧房子里开始了我所谓的人生——我听来的消息是这样,而且没有第二版本。本来,我是不准备为我的人生留什么信史的,就像慕齐尔、卡夫卡或者什么人那样,然而我也不准备虚构我的所谓生活。如果它在开始的时候就具有了虚构的性质,那也是众人参与的结果:我承认自己生活在谎言制造者的周围，或多或少，也和他们拥有了一样的表情和遗传——这，也是我不准备为自己留下信史的原因之一，而另一原因出自羞愧。据我所知，谎言也是像树一样生长的，至少在我的身上，是。它给我带来的某个副作用是，我容易怀疑，习惯从各个方面寻找反证。不过，证明我并非生自大年初一的反证我没有找到，但出于对我家人性格的了解，我的怀疑还是存在着，他们可能如此，可以如此，不过，也就是一小时或者两小时的事。他们移动了时间的刻度，让我恰好地生在了合适的、有魔力的时间点上。我觉得这样的可能性更大。

在那个寒冷的冬夜，春节，时间的种子开始发芽。它会在之后长成树，而记忆则生在枝干上或者叶片上。

"死亡"记

在刚刚谈及种子和嫩芽的时候就开始谈及死亡……是的，我曾想将它安排在后面的章节，在经历了反复掂量之后我还是决定尽早地把它说出来——

据说我在出生三天的时候就遭遇了死亡，之所以用"据说"两字，是因为我对它不可能有任何记忆，那时候我的大脑中还未曾有"记忆"的容量，它可能还不具备存贮功能，至少表面上如此。三间透风的土坯房，两间偏房——容纳我的地方是南侧的偏房，正房由爷爷奶奶和四叔来住。收拾出来的偏房当然很冷，于是烧煤，被称为煤气的那种可怕物质便进入了我和父母的鼻孔，他们有了眩晕，而我则是，死亡。我没有了气息，没有了气息的我大约不能称为我，而是一具柔软的肉体，或者说，尸体。

几个人来看过，这孩子没救了，包括医生。他们匆忙地逃出去，似乎生怕我母亲会抓住他们，他们无法还给我母亲一个还能呼吸的孩子。我，那个不呼吸的我，被丢在了冰冷的屋外，随后被我奶奶提着双腿丢在了一块破苇席上。她开始咒骂。据说，在奶奶的咒骂中，我第一次拥有了名字：小王八羔，小阴鬼，胸怀叵测的小骗子——我是来骗这家人的，是来害这家人的，她要用咒骂把我骂走，让我不敢再回来骗他们……在我奶奶看来，"我"是一种特殊的、专门来每家每户行骗的"鬼魂"，我们居无定所，而且只会在某个初生儿的躯体里生活一段很短暂的时间便会再次离开，让那个孩子陷入死亡。奶奶的咒骂也属于我们当地的一项"习惯"，她们以为，只有恶能制住专事欺骗的"鬼魂",让它们不敢再进这个家门,否则,家里的下一个孩子还可能会早夭。为了配合咒骂,让自己显得更恶狠狠一些,奶奶甚至还伸出手指一遍遍敲击我的脑门,她要用这种方式把那个骗子"鬼魂"吓住。

这样小的孩子还不能算是孩子,家里不准备承认是,不准备承认有过这样一个存在,所以那个没有呼吸了的躯体只能丢出去,丢在荒地或河滩上,等待被狗或者什么动物叼走,成为餐食。可是,奶奶寻遍了屋里屋外,竟然没有发现一条可用的绳索。

要知道,在农家,绳子是绝对不会缺少的,而且还有草绳——我们当地称为"马绊蒸子",它由马绊草编织而成,这种草绳可以说是家家必备,可那一日,我奶奶竟然连一条可用的绳索也找不到。

姥姥住在当村。所以关于我已经死掉的消息很快传到她的耳朵里,她没有完整地听完就飞快地踏下炕沿朝我奶奶家跑去。小脚的姥姥脚下生风,可她跑得并不快。然而等她绕过七条胡同,气喘吁吁地跑到我奶奶身侧的时候,奶奶依然没有找到一根草绳。没有草绳,我就不能被裹进草席里去,等在一旁的四叔就不能将我和草席一起提起,丢到河滩上去。

姥姥没有儿子，她只生了三个女儿，这在农村是一个很恶劣的和低人一等的短处，因此，她对我的出现有一种特殊的感情……即使我母亲不是这样反复强调我也知道。后来，我一直跟着姥姥长大，长到八九岁，她是姥姥，也是另一个母亲，是我最为亲近的人——后面我还将提到她。在这里，我要说的是姥姥的到来：她先是安慰奶奶，甚至想制止奶奶对我的咒骂，但这无济于事，奶奶的咒骂因为姥姥的出现变得更为变本加厉，更有表演性。屋里还有不停哭泣的母亲，姥姥去安慰她，试图堵住她的耳朵，可姥姥的到来却更让她痛不欲生。这时，奶奶依然没有找到绳子。

我和死亡之间，只差一条容易被找到的绳子。

据说，时近中午，我奶奶还没有找到绳子，而我作为一具小小的裸体已经被冻得发紫。奶奶早已脱下了我的小衣服，无论是小王八羔、小阴鬼和小骗子都不配穿着它上路，她不能体恤一个试图害了这家人的鬼魂，绝对不能。这时，我姥姥忽然发现，我的嘴唇似乎动了一下——他还活着！你看，你们看，他的嘴在动！姥姥叫了一声，然后跑过去，可我的嘴再没动第二下，姥姥所见的也许只是她个人的错觉。

"他早死了，还动什么动，你看，他动不动？"据说，奶奶和四叔都没有看到我任何细微的、还有生命的气息，即使他们用手用脚——我看见他动了。姥姥不顾奶奶的反对，她抱起我，解开自己肥大的裤子，将我装在她的棉裤里，那时我已经像冰一样凉。

略过一个下午的时光，在所有的据说里它都是被忽略的，只有我母亲提过一句，你奶奶真狠，她非要你姥姥将你丢外面去。我不知道这句话中是不是有虚构，我母亲一向是虚构的高手，在我接触过的许多人也同样是，虽然他们从不写一篇小说。天黑下来的时候我才开始有了明显的呼吸，才开始啼哭，奶奶的咒骂才停止。可以想见，一家人兴奋异常。

这个据说有另一个版本，它出自我奶奶，我奶奶承认她脱掉了我的小棉衣，但那是出于对小阴鬼们的痛恨，在村子里这样的小阴鬼实在是太多了，几乎家家户户都进去过，有的还不止一两次。她也承认，找不到绳子，可这个找不到中包含了不舍，她也舍不得早早地将我丢出去，于是有了后来。后来，奶奶说，是她发现我的嘴唇在动的，是她，将我装进棉裤里的，不过后来和我姥姥进行了交换……

这是我和死亡距离最近的一次。然而在我耳朵里只有"据说"，贮存记忆的大脑还没有发育完全。后来，我将自己记忆力的低下归咎于那次煤气中毒——它破坏了我的记忆中枢，让我在这方面一直低能。说实话，这个并不巧妙的托词我自己也不相信。

第二次死亡，是落水。农历二月二，龙抬头的时间。在我的小说《镜子里的父亲》中曾提到过这件事，不过在小说中它改头换面，我将它硬塞给了自己的父亲，说成是他的遭遇——其实不是，它是我的，是我再一次与死亡的接触。二月二，是大人们的节日，也是我们的，那时我大约五岁，我的树哥哥（李广胜，是我大伯家的最小的孩子，他比我只大四个月，而在身份证上，他则小我八个月，成了并不甘愿的弟弟）和我一起在玩我父亲新买来的皮球。

我们玩得起劲。其中的过程我已没有特别的印象，在小说中，我用虚构填充了它，让它有了妒忌心和争夺——但它不在记忆里。我能记下的是，皮球一路不安分地跳跃，竟然滑到了冰面上，二月二，冰已经开始融化，它已不再是过去的厚度。我拉着一株树，想把皮球拨过来，然而结果却是自己脚下一滑，落到了冰面上。冰，已经经受不住我的重量。在呛过一口水之后，我陷入昏迷，在陷入昏迷之前，我似乎见到一道白光从我眼前闪过。

后来，这道我所见的白光具有了传奇的性质。

树哥哥跑回了家。当时，我父亲、我爷爷、我四叔都在，但大伯不在，他在河南，是一名钢厂的工人。跑回去的树哥哥哭得一塌糊涂，大娘、奶奶和我母亲想尽办法哄他，递给他玩具，以及抹了蜂蜜的馒头——这实在奢侈，它终于止住了树哥哥的哭声。过了许久，树哥哥吃完了蜂蜜馒头，玩的兴致也有了消退，这时他突然想起房后面的池塘里还有一个我："小浩掉水啦！"

我被父亲救起，那时，我依然是昏迷，没有了呼吸。医生来了，周围的邻居来了，土法洋法一起运用——终于，我又活了回来，开始哭泣。

跳下水去的是我的父亲，将我捞起的也是他——然而在后来的故事中，救了我的却另有其人——是我见的那道白光，它阻挡了我在水中的沉入，而让我一直明显地躺在水面上。后来，这道白光变成了白马，白马变成了白龙……参与故事建构的有我的奶奶、姥姥，当然最为起劲的是我的母亲，她在一遍遍的讲述之后还会转过头来问我：是不是？它在左边还是右边？

我，自己，也是那个传奇的建造者，而且到后来我成为信任它的建造者，我在一次次的点头之后感觉自己的确是看到了白马或者白龙。不然我怎么会感觉那道光是那么地炫目，而且感觉它真的托住了我……我相信自己是一个受神灵庇护的人，我的身上或许也具备某种神性……总之，我会不凡。我悄悄地说服着自己让自己相信，它，的确变成了一种坚固的东西，现在，还在。

我还曾在六七岁的时候和邻居家的小孩在过家家的时候点燃了堆放在屋里的柴草，厚厚的烟将我们封在了里面无法跑出，好在我姥姥和周围的邻居发现得早，我又一次有惊无险地得救。

它们，一次次进入我的小说中，改头换面，成为新质的可能。

那些记忆中的树、池塘，包括曾接纳过我的出生的旧房子，姥姥家的那条胡同，现在都已面目全非，它们的改变让我有时都会怀疑自己是否真的在这里那么久那么久地生活过，让我怀疑，自己记忆中的某些历历在目是否真实。

农村是一个容纳了太多死亡的地方，真的，太多，是太多了，在我姥姥活着的时候她会一次次地历数那些故去的人，她和他们都经历过什么，死亡是在什么时候抓住她的，有些人，甚至都不曾有过挣扎。在我的小说中，我曾数次提到死神，在那里他一直是一个朴素而木讷的农人——这是在姥姥的讲述中我得来的印象，死神有时就睡在某个人的身侧，安静地等着他耗尽自己的呼吸，然后像兄弟、夫妻或者父亲那样，牵着死者的灵魂离开。在奶奶临终前的那几年，我一回到辛集，她就会和我谈及周围人的死亡：谁谁谁前几天走了。还有谁谁谁，她来串门，借了点什么走，可还回来的时候是她的儿子。她没了。那个谁谁谁，他得了病，好多年都好好的，那天非要吃饺子，可饺子煮熟，只吃了一个。苦命的啊。我奶奶活得年龄很大而且是无疾而终，她早就希望自己"到那边去"，甚至会说着说着哭泣起来。然而，她的身体一直很好。经历过许多磨难的这个人，死神也不会让她轻易地心愿得偿。

农村是一个容纳了太多死亡的地方，因为死亡最容易传播，最容易在一个时段内被人记住。每次回到故乡，我总是听到无数的死亡消息，它甚至给我错觉，以为……在一篇题为《被风吹走的人》的小说中，我曾谈及这样的感觉，不过我将它交到了奶奶的口中，由小说中的她来说出：在我很小的时候，我总喜欢坐在窗前向外面张望，望那些停止不动的树或者不停走动的人。奶奶告诉我，人如果停下来就是死了，他的魂儿就出来了，那些魂儿像一些尘土一样在空中飘荡，她说她虽然看不到它们，但能感觉到。奶奶告诉我，魂儿们喜欢在下雨天出来，但它们怕风，风会把它们吹出很远很远，所以在暴风雨中我们能听见魂儿们凄惨而绝望的喊叫，有时还能看到它们。它们像壁虎那样紧紧地抓住墙壁、房檐，尽管如此，大风还是会把大多数魂儿吹走，它们就再也回不来了。

　　带给我强烈触动的有两次死亡，它们都进入了我的小说。一次是一个看果园的人，他绕着果园"下线枪"，无论是人或动物，碰到隐藏在地面上的线就会触动扳机，子弹就会射出去——他竟然，被自己的线枪给打死了，打得面目全非，据说肠子流了一地，散发着一股特别的恶臭，以至于收拾尸体的几个壮年都吐得一塌糊涂。他只有二十几岁，未婚。我看到一个不哭的人跟在担架的后面，走着走着竟然突然摔倒在地上——他们说，她是他的母亲。救醒过来之后她依然没哭，只是木讷地坐起来，然后又去追赶渗在路上的血迹。另一个死亡，是地主的死，他是个小小的矮个子，就住在我姥姥家不远处，同一条胡同，但他家的门是另一个朝向。我看见他担着一个并不重的担子，试图爬上门前的斜坡，然而他上一步，退两步，然后又是上一步，退两步——我们在不远处看着，没有人会去帮他，也没有人想到要去帮忙。结果，他终于上去了，到了自己家的门口。然后就摔倒，死去。自始至终，他没哼一声，真的没哼一声，就是摔倒的时候他也是沉默的。怎么啦？看他一动不动，大家才开始围过来，有人用脚踢踢他的后腰，是死了吧？死啦！后来，有一个壮大的人提着一根壮大的铁锨过来，一铲，将他的尸体铲进铁锨里，端着朝村外走去。在小说里我写到他端着那具尸体就像端着一铁锨的牛粪。真的是那个感觉，现在也依然是。

那些过多的死亡所带给我的，远比我说出的要多得多。写进小说里的，只是一部分，一小部分而已。

门前的无名河流

想起故乡，我总是率先想起门前的那条河流。

想起河流的时候我总是首先想到桥，桥架在河上，成为向外走出村子的路径，过了桥才能走向五队的果园，医院和后来改为农业中学的学校。想起桥，我总是想起那些从桥上跳进水中的男孩们，他们或大我两三岁，湿漉漉的肩膀上闪着油亮的光——这是勇敢者的危险游戏，稍不注意就会呛水，或者被水把肚皮拍红，最危险的当然是被桥下的水草缠住——那时，河里面尽是厚厚的、葱郁的水草,就是鱼进到里面也是极为危险的。

从桥上跳下。在水底停留一会儿,然后爬到岸上,上桥,排好队,再次跳下——赤裸的孩子们乐此不疲,他们甚至不断更改跳下去的花样,这样当然更增加了呛水和让水把肚皮拍红的可能。那时候,我在……我在桥上,为他们看着衣服。我从未参加到这个勇敢者的游戏中,一次也没有,后来小我两岁的弟弟也开始从桥上反复跳下的时候我也没有。在为他们看管衣物的时候,从桥上向下看的时候,我都有一跃而下的冲动,可是……一次也没有。

花样最多的是孙文波,他完全是一只黑猴子;比他大两岁的杨恒则是最笨的一个,他总是呛水,甚至需要人把他拉上岸来,可如果不让他跳了却不行。我的邻居杨勇总爱一声不吭地黑着脸,跳进水中之后他习惯在水下潜泳一段时间,从另外一个方向冒出头来,然后一声不吭地爬上岸排进队伍里。那时总有很急的水流,水流清澈,望得见缕缕的水草,也望得见游来游去的鱼。

门前的那条无名河流里,曾有过无法计数的鱼,它们密密麻麻,比草生长得要快。虽然我不敢跳水,但抓鱼却是能手——那条河几乎把我"培养"成了一个渔民。当然我只能在浅处去抓,我可以使用各种捕鱼工具,譬如渔网、鱼钩……小时候,我最喜欢的捕鱼方式是拿一洗净的药瓶或罐头瓶,里面放一小块馒头或者骨头,然后丢在水流不是很急的浅处——半小时,有时更短,把拴住瓶口的线轻轻提起,瓶子里面或有鲫鱼、鲢鱼、小虾或别的叫不上名字的鱼,反正总是有,一定有,有时还不止一两条。有一年,我大约八九岁,已经上学了,夏天,我去河边钓鱼,没想到那天的鱼那么多,那么好钓,我只得大喊让弟弟把家里的水桶拿来,几乎是我把钩甩下去就有鱼咬,而随意一拉就是一条鲤鱼——那天我和弟弟钓上来的全部都是鲤鱼,它们很可能堵满了那条河。最后,我对钓鱼都感到了厌倦,不看鱼漂,也不管线动还是不动,给自己胡乱地数几个数然后就向上提:大半时候还是会有鱼被钓上来。我和弟弟钓了两水桶的鱼,之前和之后我都不再有这样的"战绩"。

还有一次,我大伯家的柱哥哥,他走到桥头随意地撒了一网——那网里面有不停地冲撞,根本拉不上来。兴奋异常的柱哥哥叫我拉住网绳,他脱衣下水,在水下按住网角,然后将手伸进网中——一条、一条、一条……又尽是鲤鱼,最大的一条竟然有二十几斤重。当时鱼很不值钱,这么大的鱼根本没人要,还是我奶奶有办法,她推着小车将它们送到了供销社的食堂……大概因为我母亲在供销社上班,人家没好意思拒绝,可那么多鱼……我母亲提了三条回家,"今天有个老太太来,卖了一大筐鱼,食堂吃不了就都分了,不要都不行。"也许,她真的不知道那筐鱼是我奶奶卖给供销社的,她真的不知道那筐鱼只是柱哥哥撒了一网的收获。"他扣到鱼窝上了。"后来杨勇说,他还认真地告诉我,"有时鱼们也开会。这次,开的是大会,不然不会有那么多条。那条大鱼,至少也得是省级的干部。"提到鱼,我还会想起的是:在我爷爷病重的时候,一家人都回到村里,大娘说,大约也是随口说,爷爷想吃鲤鱼。那时是凌晨五点多钟,卖鱼的人不会来到村里,即使他来了,在那样的时候……我们几个孩子在院子外面。鲤鱼,我想着,就从院子里走出来,沿着河边走下去。我幻想我能抓到一条鲤鱼,幻想它跳出来跳到我的手上——一路走着,我幻想的奇迹并没有发生,这时我已经走到抽水的闸边,再往前翻过堤坝就是另一条河流:漳卫新河。这时,我突然听见水响,顺着水声过去我发现了一条个头肥硕的大鲤鱼,它被卡在两条水管的中间——我走近它的时候它已经将身子顺了过来,只要后退,它就会退回到河水中——那一刻，我手疾眼快，一把抓住了它。那条鱼，也是我在门前的河流里抓到的最后一条鱼。之后河水时有干涸，慢慢变成黑色，再无鱼群出现。

我少年的时光，一大半儿，都付与了流水——这句话其实还有别的解释，我是说，我少年时光中的大半儿都是在河边度过的，我天天都和它在一起，天天，都会让我的双脚踏进这条无名河中——突然想到，这样说很不确切，有段时间我就曾拒绝靠近河边，总是感觉它……事情的起因是杨勇的死亡，他被水草缠住了，跳进河里之后慢慢地将自己变成了尸体。我听说的时候他已经被打捞上来，远远地，我看着抬着他的人群，看着他鼓鼓的肚皮高过抬他的脑袋们……他是被水鬼叫走的。我奶奶说，人如果在水里淹死了就会变成水鬼，这样的鬼阎王是不收的，它只能把另一个人拉下去替代它，才能再次投胎。在杨勇死之前是刘七的死，那么好的水性竟然在洗脚的时候滑了下去再没上来，只能说明他被水鬼缠住了，应当是他的鬼魂把杨勇拉下的水。在此之前是那个谁，那个谁……

在讲述这些的时候奶奶并没有恐吓的意思，可我听到了恐吓。那个总爱阴着脸的杨勇走了，之前，他曾两次把我拉入水中用力按住我的头，现在，他成了鬼魂，很可能会再次按住我，再按住我的时候肯定不肯再次松开……我不敢靠近河边，走近家门的时候我大声地唱着歌并走得飞快——待在家里也并不保险，我总感觉，当我睡熟时，河里的水鬼就会从水里悄悄地爬上来，它黝黑，像一条鲇鱼，这条鲇鱼样的水鬼会钻到屋子里，它拉住我的腿，一点一点，将我拉到水里去……"这孩子怎么啦？"母亲问父亲，"不烧啊，怎么脸色这个样。"父亲看我一眼，哼了声，然后把视线又转回到报纸上，"下午，跟我去打鱼。"

"不去！"我竟然是叫喊，像被抓住脖子的鸭子。那是我第一次违抗我的父亲，换来的当然是一顿暴打。到现在他也可能并不明白，那时我恐惧河里面那个依然叫"杨勇"的水鬼，他会选择我下手，即使我的父亲在场也不能阻止。

被寄存在姥姥家里

是的，姥姥的家也在辛集村，距离奶奶家并不遥远，不过二十几分钟的路程。后来，我的父亲母亲又在一块新的地基上建起了房子——我母亲在很长一段时间里都会抱怨，这栋新

/ 时间树,父亲树 /

房,爷爷和奶奶没有为她添置任何一块砖或任何一片瓦,只给了一些苇。更让我母亲气愤的是,四叔的新房则是爷爷奶奶盖起来的,这种"不公"让我母亲一直耿耿于怀。

奶奶家、四叔家、大娘家和我父母家都在村东,大娘家、四叔家和我父母家挨在一起,彼此相隔的只有院墙,而姥姥家则在村子的中间,三间旧房,是不是姥爷盖起的我不太清楚,有可能是分得地主的"浮财"——距离姥姥家不远,只有两栋房子和一条宽路,便是大队部,村子里当时最好的房子。它原来属于大地主杨虎臣,他在我们当地也是一个特别的传奇,祖上开烟馆起家,到他时已经是富可敌县,拥有四十二个佃户村。附在他身上的传奇有:他出生的时候,院子里的树上伏着一条白色的大蛇,几乎有蟒蛇的长度,村里的人没有谁敢去碰它。这条蛇吐着信子爬下树来,慢慢消失在杨家的偏房,杨虎臣便出生了——讲述的人往往信誓旦旦,说自己亲眼见过那条大蛇,杨虎臣便是那条大蛇托生如何如何……第二个传奇是,杨虎臣嫁女天津,婆家当然也是显赫门第。三天后,他率众去天津看女儿,应是酒桌上遭人嘲笑,而这嘲笑的支点是汽车,杨虎臣去天津是赶马车去的。酒后离别,婆家人惊讶地发现杨虎臣的马还在,车不见了,原来马车的位置被一辆崭新的汽车所替代。杨虎臣是坐汽车回的，不过它是被四匹马拉回的（这则传奇只有起点没有终点，村里的人似乎都没有见过杨虎臣的汽车，它完全无所终。在我五六岁的时候村里才见到第一辆汽车，拉货用的，把一些供销社需要的物资放下然后离开，众人像看一场演出那样兴高采烈地追赶着车后的灰尘，驾车的人简直像是一尊神。这时，有人两次提到杨虎臣嫁女时的汽车，他的意思是，这样的汽车算什么，他早早就见识了汽车，而且远比现在的这辆车要好，更高大更豪华——很快，他就收住了话语，大队的队长和民兵排长就站在他身后）。

还有一则杨家的传奇，是说杨虎臣的孙子，说他被娇惯得可以，吃饺子只吃肚儿不吃皮儿，剩下的饺子皮儿被晾晒起来，留给其他人做面皮汤——这，后来在对杨家的批斗中成为一条严峻的罪证，那时杨虎臣家的孙子已经去了美国。当然这些都属于题外话，我要说的是姥姥家，和我的被寄存。

我的童年时光，绝大多数时间都是在姥姥家度过的，我的童年被寄存在那个地方，父亲和母亲只是偶尔才来领取，带有不得不的成分，他们得有个样子，他们不愿意被人指责。多年之后，我阅读玛格丽特·尤瑟纳尔的《何谓永恒》，里面有一段写到父亲米歇尔的话，说米歇尔"他与刚刚出生两个月的女儿在一起也是孤独的……他女儿只是在世事风云的变幻过程中被送到他手上的一只小动物,他没有理由爱她"——这句话给我刺痛。很长一段时间里,我都觉得我的父母亲是不爱我的,我只是偶尔到来、他们不能轻易甩掉的累赘,他们有时都不好好伪装,直接表现了不耐烦,至少,他们不太会表现他们的爱。我承认,我也遗传了他们的这一点,在我身上的这一点甚至让我厌恶。可是,它在着。

很长一段时间里,我都把姥姥家看作是自己的家,把父母亲的家看作是"他们家",这一看作不仅出现在心理上还出现于行动上:一旦有争执、不顺心意,我就会悄悄地跑出他们家直奔姥姥家而去,多数时候我会一并拐走我的弟弟李博,他小我两岁,很多时候都会坚持和我保持一致。不止于此,我还会悄悄地"偷盗",将我父母亲那边有的、而我姥姥那里没有的物品,带往姥姥家。记得有一次,我偷拿过一瓶蜂蜜,它是我奶奶自酿的,里面还带有蜜蜂的腿和翅膀,它们像被封在琥珀里一样,悬浮着,保持挣扎和疼痛的姿态。我还多次偷拿过蜡烛。那时姥姥做活都在煤油灯下,蜡烛显然好于油灯,它的光明感更多些。而等我把蜡烛带到姥姥家,却发现母亲早已为姥姥购买了蜡烛——比她给自己买的更大!我和弟弟依然愤愤不平。

三间旧房，东边的一间属于姥姥、小姨，后来又加入了我们，我们到来不久小姨就出嫁了。在书写我的故乡和我的故事时，我仔细想想，自己真正有记忆的竟然就是从在姥姥家的生活开始的，之前的所有都是据说，是被告知。我是什么时候到的姥姥家？不知道，我没有印象，我有印象的时候就已经在姥姥家，已经是那样的生活。低矮的土房里光线昏暗，净是些飘荡的细小灰尘。我有时间会盯着那些灰尘看，它们只是些线头，被时间打碎的芦苇的皮，或者不知名的某些东西，在空中缓缓下坠，偶尔还会再次升起。小时候，我会盯着它们看，半个下午，或者黄昏……很小的时候我可能就是一副忧心忡忡的样子，我把飘落着的灰尘们看成是一个个有故事的幽灵，它的里面住着有故事的小鬼儿。看着，看着，我会为它们编造出许多故事来，多数故事会让我产生恐惧，让我把自己吓到。多年之后，这依然是我幽暗的隐秘区域，我不知道它给我之后的写作带来了什么，但我偶尔会想起那些印象。

姥姥家里有一个万宝的木质长桌，有三个抽屉，三个抽屉基本上都属于我，偶尔会有姥姥放置的杂物。我在里面放置我收集的邮票、子弹壳、各种各样的铜钱、民国的纸币——它们都已失去了实用性，却是我的万宝，虽然当时并没有收藏的概念。我对明清皇帝的认知就是那些铜钱给我的，我知道了谁先谁后，我还缺少哪位皇帝的……它占有一个抽屉，它的重量甚至让我的推与拉都变得困难。它们没有实用性，最多是充当链子制造的材料。我在里面还放过数量庞大的铁球、玻璃球以及杏核儿——我的游戏会用到，它，其实是我快乐的一个源头。某个晚上，我点着蜡烛睡着了，后果是，蜡烛一点点燃烧，直到烧到了桌面，整个房间里都是一股木质的焦煳的气味……那天姥姥在哪里？弟弟在哪里？我不知道，完全没有了印象，最大的印象就是：那块焦煳的痕迹恒久地留在了木桌上，直到它也消失，连同我放在抽屉里的万宝。

三间旧房，中间是堂屋，有灶膛，屋顶上垂着一条线，用来悬挂盛放粮食或点心的篮子，在我们的方言里它被称为"干粮簸箩子"，几乎家家都有，主要是用来躲避疯狂的老鼠，那时候，老鼠实在是太多了，都不怕人，尤其是晚上。某些时候，我姥姥也会把我作是偷吃的老鼠——是的，我从小嘴馋，无论姥姥把好吃的放在任何地方，包括我伸手也够不到的干粮簸箩子里，一定是无济于事的，我总会凭借灵敏得不得了的嗅觉和某种特殊感觉很快地发现它，并悄悄地将它塞到自己嘴里。我弟弟就没这样的习惯。可是，一旦被姥姥或母亲发现，他都会出来和我一起担责，仿佛"盗窃"这件事上他也有份儿。

第三间房，是姥爷的。我一直有某种错觉，仿佛那间屋子是与我们隔开的，我们拥有东边的这间和中间的这间，而姥爷只拥有西边的那间，只有一铺炕，堆放的满满的杂物也不是他的。他只占有一个有着老男人气味的角落，只有那一块区域是他的。

这一章节，我写下的题目是《被寄存在姥姥家里》——说实话我的被寄存感并不强烈，或者说是完全没有，只有在和邻居家的舅舅们争吵的时候它才会出现，不过，我觉得我姥爷的"被寄存感"应当比我强烈。他是一个木讷的人，一个总是沉默寡言的人，一个总是受人鄙视和欺侮的人，这份鄙视姥姥有，我母亲和远在石家庄工作的大姨有，就连寄存在姥姥家的我和弟弟也都有。相对于我们来说，他，完全是一个"外人"。

我姥姥是改嫁过来的，她改嫁来的时候，带着我的母亲和小姨——也就是说，我母亲和小姨，与这个姥爷没有半点儿血缘。我的亲姥爷，姥姥咬牙切齿的"死鬼"现在还活着，在我姥姥和母亲去世多年之后他还好好地活着，在天津，拥有一个新家庭。他的父母都不允许他离婚，都只认我姥姥一个儿媳，于是他便再也没回家里，就是自己父母去世也没有回去。送走了老人，我姥姥再无待下去的理由，何况两个孩子更需要庇护——这样，我姥姥才决定改嫁，之所以嫁给这个姥爷就是看重他的木讷少言，没大本事："这样的人，不会给我的孩子气受。"

如果姥姥的生活是场悲剧的话，那这个姥爷的生活何尝不是。他在悲剧之中陷得更沉，而且不选择说出。

他很少说话。在这个家庭中，没有他的位置，就连我和同时寄存在姥姥家的弟弟也有同样的感觉，他是外人，是一个可以漠视和忽略的外人。是的，在很是漫长的一段时间里我都不曾注意到他的存在，直到他进入衰老，死去。

他始终，是一个沉默的人。在家里没有位置，在村子里一样没有位置。谁都可以欺压他，他只是逆来顺受，在被推倒的地方重新再次被推倒一次，两次。这是最让我姥姥瞧不起的地方，我的母亲和大姨也跟着瞧不起——但他是个好人。

多年之后，我是说姥爷去世的多年之后，我母亲开始承认，她的这个父亲"没有坏心眼"，对她、大姨和我们都好，都不错，只是不会表达。是的，是这样。我记得许多事，但从来没有记得姥爷对我和弟弟的寄存表示过任何不满，没有，真的没有。我能记起的是他时常很晚才回家，背着一大筐的草或树枝。他将筐里的草和树枝在西墙边上堆好，然后摘下帽子——里面，是他为我们抓的蚂蚱。

这是我对他的最深印象。其余的时段，他都处在阴影之中。

父亲树

在小说中，我的父亲一次次以不同的面目出现，一次次自杀然后又一次次复活……在小说中，我拥有一个可以成长为树并有众多叶子的父亲，他在小说这面镜子里一次次增殖，并繁育出自己。父亲，在小说中是我的"约克纳帕塔法"，是我的"高密东北乡"，是我言说的支点之一，是我的寓言，我的爱与哀愁，笼罩和无法拒绝，同时，也是我。

在这无数的、增殖的"父亲"之中，我抽取最多的，当然是自己的父亲。在我的眼里，他是一个巨大的阴影性的存在，是一个暴君。他的确具有暴君的某些性质。他曾经让我深深恐惧。我的某些"察言观色"的本领就是他所给予的，我必须清楚他在哪个时候兴奋、哪个时候愤怒、哪个时候内心里正在积蓄风暴，我必须尽可能在风暴来临之前悄悄逃开。我觉得自己在他的眼里就像是一只让人生厌的老鼠，而这一感觉更加重了我身上的"老鼠"属性，当然也更加重了他的厌烦和厌恶——他希望自己的儿子尤其是长子能够举止得体大方，能够顶天立地，能够……可我不是，在他面前更加不是。

有个朋友，谈及自己的父亲，他说父亲对他只有两个字，一个是"屁"，一个是"滚"。屁，是对你的不认可，对你所说的不认可，这里面包含了鄙视和轻视；滚，则是取消对话权利和资格，我不听，也不让你再说，这里面的鄙视和轻视更重一些……我父亲其实也是如此，多数时候如此，直到老年。我承认自己有"选择性记忆"的问题，我记得父亲阴着脸对我训斥的时候，记得他耳光响亮打在脸上的时候，记得我硬着脖子被他一脚一脚踢出门去的时候，却忘记了更小的时候，我骑在他的脖子上，一家一家认对联的时候，他骑车带着我购买小人书的时候。给我印象最深的一次是，在老家，旧房子里，我的父母回到那里去住，而我的儿子也已六七岁。我带着儿子从县城回家，父亲见到我们高兴，他马上收拾渔网，然后对我儿子说，走，跟爷爷一起打鱼去。他们临近中午的时候出去，下午返回——你别说，父亲的收获多多，而我儿子也收获了欢乐和满身的泥。母亲在南侧的偏房里做鱼，我和父亲、儿子则站在院子里，父亲对我儿子谈论院子里的两棵枣树，靠西边的那棵嫁接了冬枣，它们在有露水的早晨真是好吃；谈论南偏房里的草堆，里面竟然住了狐狸，他甚至想把柴草抽出来让狐狸显露，要不是我母亲制止他真的会那么做了。母亲在忙碌，洗鱼、煎鱼，很快院子里就布满了鱼的香气。父亲走进正房，将桌子放好，要知道在此之前我父亲留给我的印象是不做这些活儿的，如果家里的油瓶倒了，他一定抬脚迈过去，然后朝着屋里喊："快，你们把油瓶扶起来！"那天，我注意到了这个细小的动作。

就在母亲即将把鱼做熟的时候，单位突然打来电话……

我和父母告别，鱼，吃不到了。父亲没有任何表示，他只是，悄悄地返回屋里，把刚刚放好的桌子又支起来放到了一边——那时候我有着特别的百感交集。他不是那种善于表达自己的情绪和爱意的人，他会为此羞愧，但这个动作其实还是透露了一些东西，他，其实心里有。他更愿意用另一种方式，更愿意"显得坚硬"。我承认,我也遗传了他的这一点,尽管我非常不喜欢自己身上的这点,非常非常不喜欢,可它在着,在着。

我父亲是新中国成立后村里的第一个大学生,他本身也具有传奇的经历。譬如因为家里穷,他在高二那年退学回家,校长在半年后找来,先是劝说我的爷爷,并承诺会资助我父亲上学——父亲重新回到学校,此时距离高考也只有半年时间。回到学校的父亲由理科改成了文科,顺利以高分考上了山东师范大学。后来一次偶然的机会,我父亲接触到自己的档案,他看到正直的中学老师在他的操行评语一栏写道:"该生脾气暴躁,不适合入机密学校。"这句话很中的也很真诚,但它也轻易地把我父亲从一类打到了二类。再譬如,父亲中文系毕业,先后在不同的学校教书,他教的是化学、体育,大半辈子却都没有教过中文,一直到退休之前。在小说《镜子里的父亲》中,我谈到父亲"仇恨"日记,这是真的,他有种杯弓蛇影的紧张。我开始写作他也是反对的,日记和写作对他来说都属于"危险之物",他以为里面会有层出不穷的毒蛇,你可以睡着,但它们却时时警醒。

父亲脾气暴躁,但同时他也患得患失。他的行为和他所想要的有时并不一致，他坚持硬汉，其实骨子里却含着怯懦，他的雄心日渐委顿并且满足于消耗自己……在小说中，我取了父亲的这些，并将它放置于显微镜下，不断放大。

父亲树，还有另外的"父亲"增添到我所书写的父亲中，譬如我的爷爷，我会从他的身上"榨取"，然后给予我小说中的父亲。我的爷爷经历过巨大的蜕变，的确是蜕变，这里不包含半点夸张：从少年到中年，爷爷是村上有名的赌棍，甚至有些无赖，天天来往于赌桌，完全不顾家，我的第一个奶奶因为无法忍受而自杀身亡。地主打他，想改掉他的坏毛病，然而这根本无济于事——那时的爷爷看不到任何希望，他只是想慢慢地耗完自己，包括自己头脑里的那些才智和聪慧。后来，作为赤贫的农民，他加入了农会，他完全像变了一个人：积极肯干，事事争先当然也事事表率，身体里仿佛有一股不熄的火焰在烧灼。

我爷爷当上了生产队队长。他开始起早贪黑，据说他的暴脾气也跟着长得更大。他被人悄悄地称为"李老邪"，后来我爷爷也跟着默认了它。奶奶说，爷爷是整个大队拾粪最多的人，他总是在天不亮的时候悄悄地倒进生产队的田地里；谁家有事、有难，爷爷当然也是最能出力的那个，当然人家得忍受他的邪脾气……在我记事之后的爷爷则又变成了另一个，和善慈祥，脸上总带着笑，所知甚多，不识字的他竟然能记大半部《三国演义》和《西游记》，包括那些遥远得几乎不能再遥远的地名。我记得最多的就是他在干活儿，不停地干活儿，他是我们家最勤快的一个人，这点只有后来从郑州退休归来的大伯李金岭可以和他有所比较。他，变得越来越正直、无私、乐于助人。村里的许多人都感叹，怎么也想不到他会变成这个样子，他们以前都认定我爷爷是一个混子、无赖，没想到新中国改变了他，让他脱胎换骨。

　　我写过一篇小说《爷爷的"债务"》，那里面前半部分的故事是真的，他的确是在拾粪的时候捡到了一大包钱，然后他就站在村口询问每一个赶集的人：你们有谁丢了钱？是放在什么袋子里的？大约有多少？一直到临近中午的时候才找到失主。在当时来说，那大包钱可不是小数目。大伯家的大哥哥李广智30年后谈及这件事还感慨不已，"整个大队都没见过那么多钱。你爷爷，真是傻。"

　　爷爷的脾气，爷爷的变化，以及爷爷的某些经历，至少部分地进入我的小说中，不过多数时候我会认为他是"父亲"的一部分，我让父亲来承担和分享。

另一个父亲，在"父亲"的这株树上我更多地取自我的姥爷，它是树干而不是枝杈，在小说中的"父亲"更多地具有他的影子。他是一个怯懦的人，在这个非他创造的世界上生活，他一直是恐惧的、担心的，包括头顶上落下的树叶。他弱得像一条柔软的虫子，没有人真正在意过他的存在，他自己甚至都不。少年的时候，我对姥爷总是天不亮就离家到地里干活而直到天黑得几乎看不到对面人的面孔的时候才回来很是不解，那么多的柴和草也用不完，他完全不用如此费心费力……直到他去世多年之后，直到我也渐渐有了年龄，我才意识到他之所以愿意在外面待着也不愿意早回家的内在理由。他有他的难，有他的怕。姥姥的轻视对他来说其实具有细细的针的性质，加上我母亲的，大姨的……他宁可躲到不能再躲的时候，才硬起头皮。

我在姥姥家生活了许多年，大约十二三岁才不得不"到父母家去"，在我印象里，姥爷简直是种植物性的存在，他很少说话，我似乎一次也没听他大声地笑过。需要承认，姥姥、姥爷一直在"相互折磨"，虽然他们很少针锋相对地争吵，如果争吵，也是姥姥在不停地哭诉或训斥，那一侧则在缓缓地变成石头、木头。我的姥爷，似乎是一个没有内心的人，没有故事也没有历史的人,他才是真正的"沉默之子",他就在这样一个充满了鄙视和悲凉的人世中度过了一生。姥爷死于癌症。在他临终之前,姥姥、母亲、大姨和姥爷的几个兄弟还有两个舅舅发生了激烈的争吵,他们围绕着遗产继承和埋葬费用,他们完全不顾那个木讷的、还在呼吸的人还有眼神和耳朵。

姥爷去世之前,我从沧州返回,那时,他已经知道自己是癌症,时日不多。见到我,母亲问他对我有什么话要说,他说的是:"好好学习,听党的话。"就是这八个字。现在,当我写到这一段的时候,这八个字突然有了特别之处,让我有了泪水涌出。

我想起姥姥院子里的枣树,以及铺天盖地、不断滴到地上的枣香。这浓郁的香有厚度也有声响,尤其是白天,它会嗡嗡嗡嗡地轰响着,蜜蜂们在花朵之间起起伏伏。我想起姥爷坐在树下,用他拾来的柳条和红荆条编织着丑陋的粪筐,他是一个笨拙的人,那种认真并不能改变什么,我不能轻易地拿掉"丑陋"这个词,它不是形容,而是事实。

……

在"父亲"这株树的成长中,我还将我的部分,骨与血,也加了进去,这个父亲也是我,我用间接的方式描述我和我的生活，以及我的看见；我也加入了我儿子的，我邻居的，我所遇到的许多人的。父亲，在这里是一个不断增长的复数，是一个隐喻性的词，但它绝不是概念。

表演木偶

在我的长篇《镜子里的父亲》一书中，上部的第三章，即"表演牵线木偶"：它是发生在我身上的故事，在那里我将它嫁接在了父亲的身上。

我记得它，而且是，始终记得。

父亲凑近门缝，他探头，那个样子有些贪婪……门闩着，透过这条门缝，里面有一个大大的天地，二伯在，还有八九个孩子，叽叽喳喳，其中最为高大粗壮的是刘战军，他指挥，排练着打打杀杀、消灭敌人的戏剧……父亲不能进场，他没有门票、通行证，也没有接头暗号，天王盖地虎，宝塔镇河妖，他只能待在外面，把脸凑近，更近一些。

那些孩子，在院子里吵闹，奔向隆起的土堆，然后奔下，端着虚拟的步枪,甩出手榴弹:它炸出弹坑,炸起骨肉和惨叫,狼狈的敌人抱头,鼠窜,丢下他们的枪械和抢来的物品……二伯努力跑在前面,他已经气喘吁吁,在奔下土堆的时候还跑掉了一只鞋子:这是剧情外的失误。我的二伯,必须为自己的失误付出代价,他被一颗同样虚拟的子弹击中,击中胸口,子弹的力量让他停下来。被隔在门外的父亲知道即将的发生:我二伯,将出现踉跄,一步,两步,但一定向前,肯定是向前,他的头始终高高昂着。左手捂胸,那里会有涌出的血,而右手,则努力伸出,同样是前进的方向:同志们,为了新中国,冲啊——的确如此,二伯出现踉跄,一步,两步,昂着头,让自己的目光坚定如炬。接下来,他伸出左手,放在胸前,右手伸出——刘战军跑过来,他没给我二伯机会,没让他把接下来的动作做完,而是,而是,他撞开我二伯,将他撞到一边儿:冲啊,同志们——刘战军的呼喊短促,有力,却不完整,没有"为了新中国"——对此,门外的父亲非常焦急,他试图提供帮助,试图加入进去,可是,他必须面对现实:他被隔开了,他被闩在门外,没办法参与。

　　他们的(那时,还是他们的,我可怜的父亲被隔在外面)——他们的戏剧还在继续,只是转换了频道,有了新的剧目,摔倒的二伯站在一侧,他已经穿好了踩脏的鞋子,扑打着身上的尘土,支着耳朵——刘战军安排着剧情、角色,这次的戏剧似乎需要更多的人,但他还是把我父亲排除在外,对我父亲的表演天赋和热情不予考虑。不只如此,还不止如此,有人发现了我父亲的窥视,报告给刘战军,所有的眼睛都转向大门,心怀忐忑的父亲根本躲闪不及。门开了,父亲暴露在他们面前,那个报告的孩子抓着门的两边探出头来:他不是出来迎接,他可没有这样的意思,好在当时,我父亲也没有如此异想天开。他冲着父亲的脸,"滚,别看!"

……

在这之后……,在这之后父亲的腿又把他带回,一路上,他做着种种的抵抗,他尽力了。可是,他的腿、他的脚和他的鞋子,却有着相当的固执,软磨硬抗,不知不觉,又将他带回原处。门还是闩着的,当然其中的缝隙也还在,它在招手、眨眼、花言巧语,我父亲禁不住诱惑。父亲先凑上了鼻子,他努力,不让自己更多地接触门板,它的上面还涂有誓言和怨愤的毒汁,没有干透。

刘战军再次冲上高台,站住,一根细细的竹竿象征旗帜,被他插在高地上……我的二伯,张同宇,被安排护卫,他们搂

/ 时间树，父亲树 /

住直直站立的刘战军，仿佛刘战军家那座石膏塑像——这一幕，让七岁的父亲心潮澎湃，他忍不住喊了一声，好！

当这个不能自禁的"好"字出口，父亲就已后悔，他甚至伸了下脖子，做了个吞咽动作，想把这个喊出的词重新吞咽回去，可是为时已晚：那个字，我父亲的声音，已经传进了院子，传进了所有人的耳朵。有人，有人在偷看！还是那个刘向亭，一边说着他一边蹿向门口，像只奔跑的兔子，而我父亲的兔子则更为敏捷，他沿着胡同，努力向北……刘向亭则一路追赶，别跑啦！我早就看见你啦！

镜子里，我看见，父亲被押送回来，刘向亭提着他的领口。他完全不是一个英勇的战士，反而更像逃兵，舞台上面的反面，被押回的父亲相当配合，包括那种反面角色的动作和表情。"首长，你看怎么处置！"刘向亭声音洪亮，在刘战军的左侧，他有意气喘吁吁，向众人表明自己的努力："这小子，跑得还挺快！"

首长，刘战军，他居高临下，问我的二伯："他是你弟弟，你看怎么处置？交给你吧！"

我二伯……他吞吞吐吐，猜度着刘战军的心思："把他赶走算了。要不，罚，罚他……"

在记忆、行走和思考之间

"不能便宜了他!"

父亲那时已如寒蝉,他在不断下沉的涡流里,不敢挣扎,也抓不到稻草——他模样可怜,呆得就像一只孤立的木鸡,镜子里的光线也随之变暗。这时,杨之凤出来,她向刘战军求情,既然来了,就让他在这里吧。不,不行,凭什么啊,杨之凤引火烧身,她招来一片反对,包括,我的二伯。

其中的过程长话短说,经过争论,刘战军勉强答应,我父亲可以留下来,不过,是暂时的。有一个条件。这个条件就是,我的父亲必须表演一个节目。他得独立完成,而且要完成得好。要是完成得不好,群众不能答应,那,按照刘战军的说法就是,你自己去寻找阴凉,哪里凉快就去哪里。

没有还价的余地。我父亲知道。他需要这根稻草,现在,他必须把它牢牢抓到手上。

牵线木偶,他表演的是牵线木偶,操纵的线也许别人看不出来,但他感觉得到。剧情是最后一幕,"太阳底下把冤伸",垂头丧气的黄世仁:父亲有意僵硬,一副木滞的恐惧表情,他表演了奔逃,表演了被抓,表演了聆听控诉,为了配合,杨之凤和我二伯一起领唱:

太阳底下把冤伸!

/ 时间树，父亲树 /

太阳底下把冤伸！

如今是咱老百姓的天！

……

我的父亲极力配合，他做发抖状，做低头状，拿出一副落水狗的样子，丢在热水中死猪的样子，提醒自己牵在背后的线，它们拉动、松开……最后，父亲举起手，双膝硬硬地跪在地上，就像，就像被砍倒的树干——虽然我得承认，父亲缺少表演的天分，一向如此，并且永远如此，但那场来之不易的演出他极为卖力。双膝跪地，父亲为了效果（更是为了讨好，我认为），尽量像昨夜所见的木偶，像被砍倒的树干，他故意做得僵直，苦肉……他摔得相当疼痛。甚至，把自己的眼泪都摔了出来，它们被含在眼眶里，转，又转，父亲在灰尘中转身，掩饰了过去。

这个故事发生在我的身上，在我的寄存时期……那是我感觉自己属于寄存之物最为强烈的一次，因为，院子里玩耍的孩子全部姓杨，而我是唯一一个外姓人，这，也是他们拒绝我的理由。如小说中所说，我被驱赶，然后再次返回，还用讨好的、不知不觉的语调在门外喊了一声"好"！接下来发生的也如小说中说的那样，我僵硬地表演木偶，并在最后用力地摔倒，把自己摔得眼泪都出来了。这时，他们才容纳了我。

我至今还记得那扇把我关在外面的门。宽大的木门，它在姥姥家的那条巷子里是最为"豪华"的，处在里面的人大约有理由轻视。我记得在我表演过木偶之后，大家的游戏变成了丢手绢儿——作为第一次玩这个游戏的小男孩儿，我的心跳得厉害，几乎真的会跳到口腔之外……我很怕自己"出错"，很怕自己显得笨拙而遭到再次的嫌弃，那份紧张现在我还能体会得到。不过，我的担心其实非常多余，没有人将手帕丢在我的背后，一次也没有，在那个游戏中我依然是"外人"，他们无意中便忽略了我。

向别人求情，让他们容纳我的人是"锁舅"，杨胜勇，他的这一举动让我一生记住了他。他在我心里的位置再也无人替代，我说过，如果他来找我，有事，我将尽我的全力。

我不知道别人是否能理解，我那么在意这个"求情"，那么在意他们对我的容纳。那时，我第一个感到孤独，感觉自己是被寄存的"物"。我那么渴望融入，不惜以一个小丑的姿态，一个谄媚者的姿态……现在，它依然让我感觉疼痛。

小丑的姿态，谄媚的姿态，这是我不愿承认的，我愿意将它叠加给"父亲"而自己则从其中抽身……可是，它是我的，在我的身体和记忆里。我不准备说谎，它其实也在长大，我还在喂养着它。

我尝试用这样的方式来书写故乡。我在意的，不是地理，不是风俗和物，不是气候与时节，而是我在其中的感觉与感受。从这个意义上讲，我，也许携带了自己的故乡，并带着它一起漂泊，直到我死去它才会真正地安顿下来，并且一点点消逝。

波黯湖山雨荷香
蒲漵煙偏脩漵具
嬾卻慣弄稿船
仿戴本孝之
畫作暑有小慕
癸卯李浩

落霞与孤鹜齐飞

秋水共长天一色

录王勃滕王阁诗序名句

壬寅夏月 李浩 书

那年端午，和父亲的瓷

　　北方的五月。炎热的气息已经渗入，它像一种不常见的易碎品挤在早晨的微凉之间，有些摇晃。那天的太阳也有些摇晃，至少在我的眼中如此，我追赶着骑车要去学校的父亲，可他把我丢在了半路上。他有他的理由，奶奶给出的理由是，我父亲有事儿。而且，他还要赶集，在集市上买碗。"别哭啦，哭什么哭！今天端午，给你包粽子吃！"

粽子并不能化解我的委屈，它变成鱼也不能。我的委屈如同一根尖锐的鱼刺，卡在喉咙那里。那时，我还小。那时，我的母亲和奶奶都还在这个世上。

榆叶上有光，伸展开流淌在叶脉里的苦味儿。嗡嗡的蜜蜂围绕着枣花，变幻的姿态让花影生动。

两株枣树，只有纷忙的蜜蜂可以交换，它们的斑点几乎相同。

四只奔跑的毛绒玩具在相互追逐，那样烂漫，幼稚——奶奶的鸡雏太小，暂时，还不能成为她想象的银行。

榆叶上有光，光的下面是大片阴影，慵懒的黄狗只肯摇动尾巴

驱赶偶尔的苍蝇。

那只黄狗是柱哥哥家的。可它，天天都来我们家，懒懒地趴到树荫下面去，一待半天。我们并不喂它，这是我奶奶所禁止的，她说不是你家的狗你是喂不熟的，而且所有的狗都是贼。它会趁你不备，叼走你养的小鸡。"你可给我看紧了它！"

那天我委屈着，奶奶的话根本进入不了我的耳朵。如果我

没有记错，在奶奶说过之后，我甚至还故意凶恶，"把它们都咬死吧！癞皮狗！"我甚至丢了一块什么东西，朝着那四只玩具，明显，它们先是受到了惊吓，然后又兴致勃勃地冲向我丢过去的东西，一起去啄。"总想和我对着干，总是对着干，说你上东你偏上西！气死我这个老婆子你就安心啦！看你长的都是什么心眼！"奶奶的话里，有着指桑骂槐。前天，她刚和我母亲吵过架。一向，我母亲都不肯成为省油的灯，她的怀里揣着一本厚厚的"斗争哲学"——这可是她说的。

毕竟是端午，毕竟是节日，毕竟，是她们婆媳"战争"的间隙，那天的舌枪唇剑适可而止，没有继续。她们在忙碌，准备下枣、米、水和苇叶。在摆不摆供桌、是不是要烧纸的环节上两个人又有了分歧，我母亲坚持，这个节，就是吃粽子，这个节，原来是纪念一个叫屈原的诗人的，吃粽子就够了——"你懂什么！还烧纸，别烧香引出鬼来！"母亲的话语里有着故意的鄙夷，配合着轻微的摔打——奶奶做出妥协。她颠着小脚，去呼唤跑到柴堆下面的四只小鸡。它们隐藏着。一、二、三、四。

"它们怎么都像是公鸡？怎么挑来的？"母亲对着空气。她抖了抖空空的面袋，白色的粉尘纷纷扬扬。

/ 那年端午，和父亲的瓷 /

　　时间有些漫长，主要是，我被按在家里不许出去，做作业，帮助她们干活儿。树哥哥来叫我，四叔来要水桶说是南河有很多鱼，守轩奶奶她们提着篮子来串门，她们要去赶集，想多叫几个伴儿……不行，不行，不能走，我被禁锢了起来，在这点上，母亲和奶奶竟然出奇一致。"你父亲跑了，不干活儿，他倒是有心眼！一家子，都是些好吃懒做的人！"母亲很是有些愤愤，而奶奶也当然有着不甘："就是就是，别学你爹！光知道躲，躲，屁也不放一个！快，看看苇叶泡好了没有。"

　　包粽子，我所负责的是烧水，为她们包好的粽子缠上线。时间过得太慢，而这些工序又那么枯燥。坐在有霉味的树荫下，我被越来越重的炎热晒出了细细的油。终于，最后一个。我的腿是麻的，腰都直不起来了——至少，我这样表演给她们俩看。可她们依然是漠视，她们，在做接下来的活儿。

　　柴有些潮，南风回旋，把烟塞回我们的鼻孔
　　呛出的泪水和屈原无关，和端午的江水无关，和委屈无关
　　和煮熟的粽子也无关，沸腾的热水断掉了它们成为鱼游走的幻想

下面，则只有等待。等待有一股枣的甜味，端午应当能够感觉，那时，我的父亲和他携带的瓷器，都还在路上

是的，我的父亲和他携带的瓷都还在路上，柱哥哥带来消息，他中午不回来吃了，在街上遇到了熟人。"这个人，真是没心没肺！还等着他的碗呢，家里的碗，都让这孩子给摔光了……""我没摔，碗不是我摔的！"我过来插话，冲到院子里，但他们都没有注意到我。柱哥哥叫他的狗，那只软塌塌的狗终于立起了身子，它的背部又塞进了丰富的骨头。"走，回家去！""你就在这儿吃吧，饭也熟了，都是现成的。我们包的粽子多。""不了，不了。""你家没包粽子吧，拿几个去，也给孩子尝尝。""不了不了，家里做好饭了。包饺子。今天是什么日子？"

又有了我的用武之地。"是端午节。今天，屈原跳江啦。"

我记得那个端午，是因为那个端午的发生。我记得，大约下午三点，我父亲才回来，他喝醉了。他是骑车回的，而且没有忘记任务，在后车架上带回了六个盘、八个碗。它们也醉了，叮叮当当地响着，却还不碎不裂。父亲扭得厉害，然而他不肯下车，即使在即将进门的时候，即使在推开门路过门坎的

时候——"作死啊,下来!碗都摔啦!看你喝得那样……"父亲并不恼,他竟然还笑着,笑容把他的脸撑得通红,露着被烟熏黄的牙——"看我的。"

又一阵叮叮当当,他竟然真的把自行车骑进了院子,杂技一般,保持着危险的平衡——"没事儿,没事儿。"他拍拍车架上的碗,"很结实。"父亲还在笑,不知道,这个节气里怎么包含了那么多的喜庆,而且,几乎所有的喜庆都给了他。

"快把车子支好,把碗拿进来!"从另一扇门里,奶奶探出头来,"看你喝的,八辈子没见过酒啊!长点儿出息好不好!"

一向暴脾气的父亲依然不恼,这很不像他,不是他。端午那天回来的是另一个父亲,他的脸上堆着太多太厚的笑容,"不急不急。"他推开我母亲,不许她靠近自行车,"你知道,今天我遇到了谁?"

我母亲没有兴趣猜测。她关心的是碗和盘,她需要把它们从危险中救出来,而我父亲则一遍遍阻止,这时,他从怀里拿出了一张报纸,"你看看,上面写的是什么!"

报纸上能写什么,母亲依然没有兴趣,不识字的奶奶当然更没兴趣。她们,关心的是碗,是瓷,是自行车上的易碎品,是花了钱的,奶奶的"银行"还实在太小现在指不上。"爱是啥是啥。"母亲竟然把父亲递来的报纸打在地上,"给我让开!把碗打了你就别再吃饭!被你糟蹋的还少么!"

突然有了好脾气的父亲依然笑着,只是,他有着莫名的固执,坚持不让我母亲、奶奶靠近他背后的自行车,"儿子,过来,我考考你。"

"过去,"奶奶使出眼色,"把绳子解开,把碗给我放屋里去。"

然而,我也被禁止靠近。"你不用管它!"好脾气的父亲看着我,"知道今天是什么日子么?"在得到回答之后,他又问,"为什么叫端午节?有什么讲究,你知道么?"——要在平时,他是绝对不会和我谈这些的,尽管他是教师。他有一个严格的理论,叫父不教子。平时,在他面前,通常只有两个字给我,一个是"滚",一个是"屁"。

我期期艾艾,无法得到他认可的回答,母亲和奶奶的补充也无法让他满意,"什么叫老祖宗传下来的,哪个节不是老祖宗传下来的?吃粽子,只是风俗,那你说,过年就是吃饺子,吃饺子就是过年?"那天,我收获了一个酒后的父亲,一个滔滔不绝的父亲,一个旁若无人的父亲。这不同以往。分明,我的奶奶和母亲也被震慑住了,她们竟然没再打断他,也没再试图靠近。

父亲说,纪念诗人屈原只是一种说法,当然,这是最重要的说法。屈原在五月初五那天投江。那条江叫什么?叫汨罗江。屈原为什么要投江?因为得不到楚王的信任,他可是个大忠臣。做人,要忠,要孝,要仁义。还有一说,端午是龙的节日。还有说法,说五月青黄不接,是恶月,而五日则是恶中之恶,所以这天要驱邪,吃粽子,喝黄酒。南方的粽子和我们不同,他们多是咸的(奶奶说,瞎说,咸的怎么吃!),而且还有肉粽。他们用的是竹子叶(这点,我母亲和奶奶都认同,她们很少如此一致)……

父亲说着,越说越多,话题也由节日、粽子脱离开去……他的口里,有一条倒悬的河。说着,父亲开始手舞足蹈,跳着难看的、摇摆的"舞步",他的酒醉竟然引来邻居的围观——"看,你们看报纸!你们看,上面有我的……"

父亲伸着手,他端着自己的笑容向前,脚步有些踉跄——"看,看好我的小鸡!"奶奶的呼喊为时已晚,父亲的大脚落下去,踩在一只毛绒玩具上,那只玩具在他脚下只剩两条细细的腿。

父亲愣了一下,他盯着自己的鞋子,似乎想不出多出的那两条细腿是从哪里来的,它怎么就粘在了自己的鞋子上。"快,快抬起脚来!"奶奶还在喊,收敛起笑容的父亲真的抬起了脚,他甩了甩,甩了甩,试图把这两只多余的脚甩下去,试图,把一只小鸡的消失和自己撇干净——

然而,这一次,只有一只脚着地的他再也无法控制自己的危险平衡。何况,肚子里还有六两不停翻滚的酒。我的父亲,他摔倒了。

他摔倒了,随后是后面的自行车。随后是自行车后架上的瓷器们。那些瓷器,上面本来描绘着大体一致的花纹,然而随着我父亲的摔倒,它们不再一致。有的碎片上有花瓣,有的有一段茎,一两片叶子,更细小些的,只有一道淡蓝色的划痕,不知道它原来曾经是花瓣、枝干、叶子还是别的什么。我父亲,摔得一片狼藉。

他摔得一片狼藉,一侧的黄狗跳起来,叫着逃出了院子——不知道,它是什么时候来的。

"你自己看看,你自己看看,一天天事儿也不做光知道喝酒光知道玩儿,让你干一点儿事儿都不够你拉脸子的都不够交你手工钱的,摔吧打吧,都别过啦,过得啥劲儿,看看有什么能砸的都砸了吧……"

我们家的暴风雨又来了。它的到来，不受端午节气的影响，不受光线的影响。它，说来就来。

后来，我才知道，父亲那天遇到的是杨方亭和刘建国，他们一个在县文化馆工作，一个在沧州市报社工作。那天的报纸上，发表了我父亲的一首诗。后来，我才知道，我父亲那天表示答谢，他喝了太多的酒，并拒绝由别人送回。他总是要面子，一直如此。后来，在端午节的事件之后，我奶奶和我母亲之间的关系更为紧张，直到奶奶搬出我们的院子，和四叔一家住在一起——那首歌唱祖国的抒情诗也是我父亲一生中发表过的唯一一首诗，那天他的全部举动也就可以理解了。在我的长篇《镜子里的父亲》中，对这段情节也有描述。就这样，端午，和我父亲带回的瓷，紧紧地联系在了一起，当然，也和破碎。

对诗和诗人的纪念，是瓷器的脆响，一只雏鸡被挤碎的腹腔和血

还是鱼形的粽子，带着游动的幻觉？

是一场宿醉，和摔倒的酒瓶们一起，趴着，躺着，袒露着

挫败，失意，结着茧的疤，并将它们想象成断行的诗？
是翅膀或羽毛，还是，像我父亲那样，堆起笑容
坐在日常的尘土里？
……

春节琐记

春节琐记。它是一份个人的、有着片面性的记录,其中也包含着因由记忆的模糊和偏差而造成的"失真"……它是不完美的,但我还是愿意记下它,包括对于记忆的梳理。"春节"这个词,如果放在口中慢慢品啜,我相信每个人都会品出丰富的味道来的,我也是。这个词里有重和轻,有上升也有下沉,有美好和欢愉也有种种的复杂纠缠,百味交集。不止一次,我在白纸上颇含郑重地宣称：写作是放置在我身侧的一面镜子，它照得见我的欢乐悲苦、喜怒哀愁，照得见我对这世界、这生活的真切认知……我愿意在自己野心勃勃的文学地图上，清晰画下自己的那张脸和清晰的"面部表情"。春节，可能是一个更为具有象征意味的小小剖面。

现在，开始吧。

1971年春节。河北省海兴县，辛集村。

我一岁。说实话这是一个在农村里普遍的、但确有夸张的说法，在1971年春节，我只是刚刚出生，按现在的叫法应当是零岁——但在当时的农村，我们没有这样的说法，只会从一开始。家人们告诉我的是，我在1971年的春节出生，或者说是与这一年的新春一起出生：正月初一，凌晨一时，在街上噼噼啪啪的鞭炮声中我来到人间……很小的时候，我的家人们对这个时间赋予神秘，赋予灵性和力量，甚至是……"我们家小浩是有福气的，算命的说了，以后他能当县长！"县长，是我的家人们能想到的最大的官儿，已经遥不可及。当然，在我的家人中间也不都相信这份神秘，譬如我的大娘，我的大姨，尽管我的大娘属于极度信命的人。

我父亲也不……但他似乎愿意相信，哪怕自己早就知道这是幻觉：所以我从未当面听过他的纠正，要知道在别的事儿上他从来严肃，绝不放过任何一种"歪理邪说"。

现在，我当然也不会选择相信——然而我要承认，家人们赋予的那些神秘、灵性和力量，赋予的"特别福气"，对我成为现在的我有着相当大的影响……这个影响我将和后面的事儿合并起来一起说。

同样是在1971年春节——在当时的农村，春节可不仅是一日两日，而是一个连绵的、从腊月直到正月十五才告一段落的过程，是农耕中国的"农闲狂欢节"，只是它被赋予了太多礼教和祭祀的内容而或多或少减弱了其中的狂欢性质。在1971年春节，初四或者初五，仅仅来到这个世界上四天或五天的我就遭遇了第一次"死亡"，煤气中毒。

我出生在那个有些寒冷的春节，经历了生也经历了死——在这里，我要谈及家人们赋予的神秘、灵性、力量和"特别福气"对我的影响：它让我在很长一段时间里相信自己应当卓越，应当与众不同，应当是被命运眷顾的幸运之人，而这种想法和"自信"让我努力地希望真正能变成那样的人，按照家人的期许和自我的期许……我承认，它是动力，也是我部分地甘于自虐而不希望滑向平庸的支撑力量。我的某些所谓人生目标建立于虚幻和虚荣之上,而我也没有按照算命先生的"塑造"成为一县之长,但也正是它和它们,至少部分地是它和它们,让我这样努力地走了下来。

1977年春节。河北省海兴县,辛集村。

它或可是虚数,也就是说,它可能是1977年也可能是1978年,我记不清了。我六七岁,我弟弟李博小我两岁,但没经历过"死亡"的他要比我勇猛得多,一直如此——在这一节,我必须多谈一下他的勇猛,尽管这里面多少含有些诽谤的意思。先不诽谤,我先谈过年。

在那个年月,过年可是我们的期盼,这种期盼感一直持续到我毕业,上班之后。一进腊月,这种期盼就会日日加深,我和弟弟会在每个早晨都缠着姥姥问一句:姥姥,什么时候过年啊?

过年,它意味着新衣、新鞋、糖果和油炸的面团,意味着能吃到肉,意味着有鞭炮可放,尽管我们能得到的鞭炮实在少得可怜……这得说到我弟弟的勇猛了。因为父母和姥姥姥爷给的少,我们想要放鞭炮,就得到处去找别人家燃放中途哑火的"信"鞭——它是方言,大概的意思应当是说引信出了问题而没有响的鞭炮。找到它还只是初步,更重要的是如何燃放:一种还有很短引信的，如果感觉可控，就在引信处点燃；一种是没有了引信的，那就将其掰断，但不能完全掰断而是留有部分连接，然后点燃一边的火药，喷出的火焰再引燃另一边；还有一种方法，就是将火药全部取出，放在纸上用火柴点燃。我弟弟的勇猛在于，在别人家的鞭炮还没有完全燃放完的时候他就会跑到底下去"抢"，当然一起去"抢"的很可能还有别的孩子——这是危险动作，每年都有孩子会被炸伤，可是他们依然乐此不疲。在处理"信"鞭的三种方式中，第三种我弟弟是不用的，他瞧不起这种完全没有危险性的活儿，而我却往往是只做第三种处理。在这里我还要提及他的另一项勇猛，依然和鞭炮有关：他，和那些大他五岁六岁或者更大的孩子们，偶然会比试谁的勇气更足些——手上攥住鞭炮，看引信一点点燃烧，直到最后一刻才将鞭炮扔出去。这可不是一件容易掌控的事儿，何况，引信有急有缓，有时灭了还需要重新点燃……当然会有失手的时候。他被炸破过裤子、手套，或者自己的右手掌心焦黑，半个手掌变得肥厚，或者流出血来……好在，那时火药烈性似乎不强，屡次受伤的他才没有落下残疾。当时，村里的孩子们都这样玩儿，按姥姥的话说就是傻玩疯玩作死地玩，可是大人们似乎都没有认真地制止过。多年之后，我读到诗人希尼的一句诗,他说的是自己的孩子时代,"我们那么小,那么无足轻重,仿佛能够穿越一个狭小的针眼……"我想到的就是我和弟弟的那个年月,和我弟弟李博燃放鞭炮的情景。

1977年。我弟弟令人羡慕地得到了一个纸糊的灯笼,即使现在我也记得我的羡慕,里面真的会有轻微的恨意。只有一个灯笼。而父亲指定,他是李博的,然后当着我的面递到了我弟弟的手上。我垂涎的样子他是能看见的,一定能。

弟弟拥有了灯笼,也就拥有了至宝,可这至宝只能在夜晚的时候才有用处,于是他就伸长着肚子盼天黑……我要收起我的恨意和诽谤,接下来的叙述必须实事求是:他在小心翼翼地护着灯笼的同时很郑重地答应我,那根蜡烛烧到一半儿的时候他就交给我来提,然后在蜡烛的上面划了一道分割的印儿。这个动作,几乎要感动得我热泪盈眶——我声明这个写下并不是多年之后我又添油加醋的结果,而是事实,我现在还记得当时的那种激动和感动。于是,我和他一起在盼天黑,而我更希望天黑得能早一些,而上面的蜡烛能烧得更快一些……

村子里,能拥有灯笼的人不多,实在不多,它在当时来说是种奢侈品,至少在那个年代来说是。弟弟提着灯笼,尽享着别的孩子的羡慕和它所带来的荣耀,我也一点点地沾着上面的光。然而，好景不长——我弟弟急于在人们面前显摆，他的急于当然会让他的脚步变得匆忙，完全没有注意到灯笼没有照到的脚下。他摔倒了。然后便是，心爱的灯笼烧了起来。

多年之后李博还记得他的哭，这个粗枝大叶的人竟然能记住自己的大哭，可见灯笼的燃烧对他来说是何等的……我也跟着哭起来，我在哭我的半根蜡烛，我还没有把灯笼接到自己的手上它就烧着了，我弟弟，至少他还打了一会儿了，他还……正在串门的四叔走在路上，看到了这一幕，他拉住我弟弟："哭什么，哭什么！你看，这个街上，谁的灯笼比咱的亮？让他们比比！"

弟弟刚笑了两声，灯笼便成了灰烬，它炫目的光再也不复存在。他又哭起来。但这一次，我没有跟着哭，似乎心底里还有一点点快意：父亲没有买给我，现在，他的也没有了。这个消失让我有种暗暗的平衡。

2007年春节。河北省海兴县，辛集村。

那一年，对我来说是……某种的多事之秋。母亲血栓，她身上的病似乎越来越重，缺乏好转的迹象；弟弟李博与人打架将人打成了轻伤，因而被关进了派出所，可以想见家里人的焦急与痛苦；弟媳的父亲母亲，先后因我弟弟的事儿和其他的焦虑而犯病，或中风，或血栓，而弟媳自是以泪洗面；我的奶奶，于腊月二十三小年去世，送她的子孙当中缺少一个人，那个人被关在城关派出所……在那段时间里，我写下《这个秋天注定被生活拖累》《怨恨像一场突然到来的阴霾》《状态：某个上午》等诗歌，以它们记录我的状态和心路。最为直接的一首，是《这一夜》，是我情绪有所爆发的"这一夜"：

  这一夜，三只小兽不来打扰我的耳朵，
  我在厨房里扒掉它们的皮，在胃液中建立起坟墓。
  只是它们的牙齿还在，一次次的丢弃并无结果：
  它们凭着气味总能原路返回。
  我相信，三只小兽会在这些牙齿上复活，就像埋下的种子
  随后生出各自的芽。
  这一夜，我有意将孤独叫做黄金，将自己当成
  怀揣黄金和秘密的国王。
  有意，挂起小兽的皮，将灯和手机全部熄灭。
  假想它是一个人的假期，那些日常的灰尘，牵挂的旧毛线，眼前和脚下的事物，
  全部封在箱子的里面——

这一夜的"外出"不携带箱子。简单，简洁。

可小兽的牙还在，它们会将全部的箱子和其中的事物变出来，

它们有这样的魔法。

这一夜，安静像外面的玻璃，有着易碎的性质。

这一夜，我的飞翔感建立于风筝之上，它正被一点点拉回，是的

这一夜，我被三只小兽重新按住，

按倒在，这张充满责任、尘土、牵挂和忧心的床上

那一年对我来说真的是一个多事之秋，我相信对我父母、弟弟、弟媳和所有的家人都是，因为弟弟的这件事儿和随后带来的一切一切，都是种重压，压在我们的身上、心上、肉体上和精神上。那一年，是我调至石家庄的第二年，和妻子两地分居，我在一个朋友的家里借宿，而我妻子则一边忙于教师们的工资改革报表一边忙于各种安抚，那段时间忙得她焦头烂额，口里面也长起了上火引起的疮。现在想想，那一年，还是让人后怕，都不知道是如何过来的，即使我在那年获得了"鲁迅文学奖"，也未能给我带来多少欣喜。

我和妻子都是那种好面子、不习惯求人的人，都是那种更希望和相信公平、正义和阳光的人，而在我弟弟的事儿上……我承认，发生在他身上的这件事儿不时地让我反思。我承认，在面对这件事儿的时候，我多么希望有人能够帮帮我们，希望弟弟能被网开一面。如果不是面对亲情，我可能一辈子也发现不了我坚持的和面对具体事时所做是两个概念。那时候，我一遍遍地向母亲报喜，向父亲报喜，向弟妹报喜，真的或者假的——我希望能让他们安心，哪怕只有一天两天的幻觉。

一直达不成谅解。很可能，我弟弟的春节要在里面过了。而我，不知道该怎么面对自己的父亲母亲，以及弟媳。我的那种疲惫感和内心焦虑变得越来越重，它几乎会随时将我压倒，可我还必须在所有人面前表现出一副坚硬的、胸有成竹的样子，我甚至幻想自己有能力将我的弟弟放出来，但我不能，也无能。

好在，在春节越来越近的时刻，双方终于达成谅解。腊月二十九，我们正在打扫着屋子、准备在门外贴上蓝色对联的时候，我弟弟回家了。

母亲病着，她嗜睡，前面说着话，话音刚落便能睡着，鼾声层叠——然而我弟弟被放出来的那个下午，她几乎没睡，尽管还是话有些少。终于,我妻子和弟媳将房间打扫完了,一切都已变得清洁,有了些年的气息,那时已经傍晚。我妻子向母亲"请假",她要去村外的澡池里洗个澡,临走的时候对我说了一句,做饭的时候,把碗里的小米都用上。她的憔悴让人心疼,何况,口里的疮还在不断地折磨着她,县医院的医生嘱咐她去大医院瞧瞧,"可能不好"。

我们聊着天,有意玩笑,嘲笑李博的光头和他"没用力气"的拳头,嘲笑他在派出所里的一切一切,而他也有意地配合着我们,仿佛经历了一次愉快的但包含着曲折的旅行,"天空飘着五个字儿,那都不是事儿",我们一边说着一边朝母亲的方向看,她有时也跟着笑,有时则咬字不清地说出半句话,把头低在鼾声里。

父亲回来了。与以往不同,与以往他的习惯不同,他竟然抱来柴火,准备做饭——父亲在灶台前忙忙碌碌的时候母亲突然醒来,她冲着堂屋里的父亲大声喊:"惠兰说了,让你把小米儿都用上,你都用上——"她的那股焦急的劲儿现在想起来都让人心酸,在她的意思里,仿佛我父亲会不听,我父亲会拧着她的意思,会拧着儿妻的意思,她那个委屈啊!她的委屈更在于,惠兰说的他怎么能不重视呢?是的,我妻子在我母亲眼里，是最亲近的人，是打理和照看这个家的人，是最信任的人，而我和弟弟，则必须靠后。

如果我没记错，晚上我们其乐融融地喝了点儿酒，一切都过去了，一切不如意和种种不快都留在了去年，新年，将是一个新开始。我们在欢快的样子中多少有些小心翼翼，我知道，我妻子知道，我的弟弟更知道。他出去，说要去厕所——然而他走到的是外面，院子的外面。等他回来的时候嘴里的烟已经只剩下很小的一段儿。"想抽烟了。"他说，然后脸上挂出笑容。

远处有了鞭炮声。新年的气息，在那个时刻一下子就近了。

2020年春节。石家庄奥北公园。

年味儿淡了。疫情和种种悄然地改变着一切，我不得不再一次有所感慨：年味儿淡了，更加地淡了。尤其是，这一个春节。

疫情突然来到了石家庄，而之前，我们虽然经历过紧张和"封城"，但如此切近地感受到"危险"还是第一次，尤其是，它临近春节。一向，我对数字极不敏感，完全没有概念，但我记下了1月5日的"封城"——之所以记下它，是因为在封城之后的第10天我开始了新长篇《灶王传奇》的写作。在封闭的时间里,我写得很快,几乎是一天8000字的速度……我承认自己有种急迫感,这种急迫来自春节,马上要到来的春节。再匮乏年味儿的春节在我们的心里也是一个节,一个似乎包含了结束和开始的节点,它始终让人感觉其中有着某种变换,它让人感觉,年前的事儿需要尽可能地了结,而年后,尽可能是一个新开始——为什么我会觉得春节之前和之后那么不同?我的这种时间划分方法从哪里来呢,是因循,是习惯,还是一种不自觉?我为什么会那么强烈,有一种在春节之前完不成就交不了差、无法安心过年的感觉?我不知道。我不知道自己的紧迫感来自哪里,为什么会那么强,那么强。初稿在腊月二十三之前完成。

接下来的时间就是为过年准备:其实也没有什么可准备,小区是封闭着的,唯一能够采购的一个点儿是小区内的一家超市,而里面的货物已经极为匮乏,没多少可买的东西了。好在家里有一些准备,而之前预订的年夜饭也已商量好会提前送到,餐馆已经确认符合防疫要求,能够送进小区里来——本来,我们没有准备订餐,但因为我弟弟的女儿李晓阁放假被"困"在了石家庄,我们总得让她感觉家庭的温暖。于是,我妻子早早地下了单。

可是，严苛减肥的李晓阁并不"领情"，她拒绝我们为她提供的饭食，而只吃她自己做的"减肥餐"——不过是白菜和水，一滴油都不放，我们看着怎么能不心疼？我试图动之以情，晓之以理，然而得到的回答是："大爷，你怎么这么话痨啊！你能不能不说了？"大过年的，那么多天，我的侄女在我家里只吃白菜和水，要是传出去（传给我的弟弟弟媳倒还好，他们是知道的、清楚的，但传给别人呢）都会觉得她的伯母肯定特别吝啬无人情，她的伯伯当不了家、做不了主，只能眼看着自己的侄女受虐待——"咱们过完了年再减好不好？你这样减，营养是肯定不够的，你是学医的，你比我更清楚……""大娘大爷，你们不用劝我，劝我也没用，我在家里也这样吃，我妈也天天说但也不管用。你们别说啦。"

于是，在腊月的最后几日到春节过后，我和我妻子简单地做点饭两个人吃，侄女醒来后自己做饭，而晚饭绝对一口都不吃……在2020年的春节，我们连饕餮一次的机会都没有，其他时间就更与平常的日子并无不同：看书、写作、看电视、玩游戏……它是我近五十年来过得最为平淡甚至有些寡淡的春节，一个缺乏年味儿、我们都不知道能为年味儿添点什么的春节，大年夜，窗外静寂，只有远远的路灯在空旷地亮着，楼下的空地上没有一个行人。儿子在亚龙花园,父亲在沧州海兴,看着电视里的热闹我突然觉得空荡,一种悬浮感油然而生。

那时候我就暗暗下定决心,来年,只要能够回到老家,我一定要带着妻子、儿子他们一起回家,一定。我怀念那种久违的年味儿,似乎更怀念的是那种和家人在一起的融融与平安感。

貳 中調：鄉野狂想曲

被蜜蜂肿了脸和鼻子的奶奶会不停地咒骂,
她骂蜜蜂们忘恩负义,
没有良心。
好像她到蜂箱里割蜂蜡是一件天经地义的事,
是出于对蜜蜂的爱。

蜜蜂，蜜蜂

蜜蜂是我奶奶养的，她养蜜蜂为的是获得蜂蜜。那时我还小。

我奶奶说，除了要养蜜蜂，她还要养三只鸡，一只猫，一口猪；她还要养着我的爷爷，我父亲和我三叔。我奶奶经常在做饭的时候或者喂鸡的时候说这样的话，她直直腰，显得很劳累。

窗子外面蜜蜂嗡嗡，一副繁忙的样子。

在背后，我母亲多次表示过对我奶奶说法的不满，她说我奶奶总是愿意往自己的脸上贴金，干一点儿活，捡个芝麻就做得像搬走了一座山一样。我母亲说，她才是养活全家的那个人。后来，我母亲越来越把她的不满摆到了明处。

那时候，我们全家都在农村，可我父母都是挣工资的人。我爷爷奶奶、三叔三婶没有工资，只有四亩多耕地，而且相当贫瘠。在背后，我母亲总说我三叔好吃懒做，她叫他寄生虫，为此，我父亲可没少跟她偷偷地打架。

在北面的墙上掏一个大洞，安上门，它就成了蜜蜂的家。蜂房的门上有许多的小圆洞，蜜蜂们从那些圆洞里进进出出，有时两只蜜蜂会在洞口相遇，其中的一只就会将路让出来。从小圆洞里爬出的蜜蜂略略停上一下，然后就嗡地一声，飞走了。我父亲说这是工蜂，负责繁忙和劳累的采蜜工作。它们也采花粉。人的一生应当像它们一样勤劳。

我父亲是中学教师，他带回了一些和蜜蜂相关的图片给我和弟弟看。当然，主要是给我弟弟看。后来那些图片被我偷偷地撕了，但嫁祸给了弟弟。

去蜂房里割蜜的时候，我奶奶的头上戴上一项旧草帽，然后头上、脸上缠满了纱巾纱布。纱布是我母亲从单位弄来的,而我奶奶总是将它们派上别的用场。她戴着厚厚的手套,衣服和手套的连接部分还用布缠好,在做这件事的时候,我奶奶总显得相当小心。

她从不让别人参与,我父亲不行,我爷爷也不行。

当我奶奶割下带有蜂蜜的蜂蜡,从蜂房里将身子探出来时,她的头上、脸上满是密密麻麻爬动的蜜蜂。

我奶奶将割下的那些饱含蜂蜜的蜂蜡放进锅里熬。蜂蜡化开了,橙黄色的蜂蜜凝在一起。那时候,整个屋子里都散发着浓浓的蜜的香气,它将我们的身体都渗透了。我奶奶将蜂蜜贮藏在一些旧罐头瓶里。那样的蜂蜜并不十分干净,上面经常会带有小块的蜂蜡,蜜蜂的一片翅膀或一条腿,一团说不上是什么的黑灰色物体。蜂蜜很稠,几乎是固体。

她将装满蜂蜜的罐头瓶放在一个有锁的小箱子里,只有我奶奶有它的钥匙。

我和弟弟经常去奶奶家看蜜蜂。我们站在院子里,抬着头,看嗡嗡的蜜蜂匆匆忙忙。那时候,我们一去奶奶就开始变一种脸色,她当然知道,我们是冲着她的蜂蜜去的。

过不多久,通过我弟弟的口,我们说饿了,想吃馒头,要抹上蜂蜜。

我们一遍遍地说。开始我们会遭到训斥，几次下来我奶奶终于软了，她很不情愿地打开箱子。给过我弟弟之后，她也将一块抹了蜂蜜的馒头重重地塞到我的手上。蜜总是抹得很少。

她说，你们这些小家贼，到外面吃去！蜂蜜还有别的用呢，都让你们吃了！

不止一次，我母亲说我奶奶小气。她还说我奶奶心很硬，是铁和石头做的。如果在饭桌上，如果我父亲在场，他会重重地摔一下筷子，"闭上你的臭嘴！"

我母亲可不吃这套。她的嘴不会因此闭上。于是，盘子和碗会重重地落在地上，地上一片杂乱。那顿刚刚开始的饭就停止了。

蜜蜂，昆虫。身体表面有很密的绒毛，前翅比后翅大，雄蜂触角较长，蜂王和工蜂有毒刺，能蜇人。成群居住。

养着蜜蜂，被蜇是经常发生的事件。这事件主要发生在我奶奶身上，因为她在蜂箱里收割蜂蜜。层层的纱布并不能阻挡所有的蜜蜂。被蜇肿了脸和鼻子的奶奶会不停地咒骂，她骂蜜蜂们忘恩负义，没有良心。好像她到蜂箱里割蜂蜡是一件天经地义的事，是出于对蜜蜂的爱。她有她的角度。她总是那么强硬。

我姥姥也被蜜蜂蜇过。她和我们挨蜇不同，她是自愿的。我姥姥患有严重的风湿，她两只手的关节都凸了出来，有人告诉她，蜂毒能抑制风湿。

我奶奶没有表示不同意。她在屋里屋外进进出出，匆匆忙忙，好像有许多事要做。后来我奶奶无意中说了一句，蜇过人的蜜蜂自己就活不了了。

远远躲在里屋的母亲一听这话马上从屋里跳了出来。但我没有记下我母亲说过什么。

嗡嗡的蜜蜂进进出出。它们在蜂房的前面跳着八字舞。院子里的枣花散发着浓浓的香气。

我爷爷被蜜蜂蜇了。他的鼻子肿了起来，鼻孔一下子扩大了不少。他变了模样。他变成了丑陋的陌生人。于是，当我爷爷把手伸出想抱住我弟弟时，我弟弟吓坏了，大声地哭了起来。我爷爷手足无措。抹了许多蜂蜜的馒头也没能哄好他。

那天我奶奶来到我们家。她破天荒地冲着我母亲笑了笑，破天荒地端来了一瓶蜂蜜。她对我母亲说，如果蜂蜇真的起作用的话，就叫我姥姥常来吧，反正蜜蜂死上几只几十只也算不了什么。

面对我奶奶的破天荒，我母亲并没有放松她的警惕。后来证明她的警惕是有道理的。临走前，我奶奶终于说出了她的想法，马上要分蜂了，她不想让分出来的蜜蜂成为野蜂或者被别人收去。她想在我们家墙上也挖个洞，养那些被分出来的蜜蜂。

我母亲想都没想，就坚决地说，不行。

我父亲和我母亲又打架了。这次打得比以往更为厉害。我母亲带着我回到了姥姥家，却把弟弟给我父亲留下了。

在姥姥家，我母亲和姥姥不知为什么也吵了起来，她给了我五分钱，去去去，出去玩去。

第三天傍晚，我母亲带着我回到了家。院子里有些混乱，而正房的墙上出现了一个方方的洞，不知为什么它刚干了一半儿就停下了，并没有完成。我母亲丢下我，丢下她手里的包袱就开始和泥。

等我父亲背着我大哭不止的弟弟回到家里时，我母亲已经将墙上的洞堵实了。她没看我父亲一眼，没看我弟弟一眼，伸着两只肮脏的手，将多余的泥甩到地上。

真的分蜂了。一个蜜蜂的团儿嗡嗡地落在了枣树的枝杈上，随后更多的蜜蜂围拢了过来，空气里满是蜜蜂们的翅膀。

蜜蜂的团儿越来越大，茶杯那样，南瓜那样，西瓜那样。我奶奶的头上蒙上了厚厚的纱巾、纱布，带着一张自己做好的网。她站在枣树下面，抬着头。

后来，我奶奶开始咒骂。

蜜蜂的团儿散开了，它们像黄褐色的云朵一样飘出了院子，我奶奶在后面追赶着。

一只蜜蜂爬进了她的衣服。我奶奶的身体颤了一下，她伸出手，将那只蜜蜂打死在衣服里，然后继续追赶。

在五队的果园里，我奶奶又追上了蜜蜂。她将那团蜜蜂接进了她的网里。村上的刘三婶、赵梨表哥也拿着各自的网子赶了过来，可一看见我奶奶的表情，都悻悻地走开了。

我奶奶看着网里的那团蜜蜂。除了咒骂，她不知道该怎么处置它们。

那么多的蜜蜂。

我的一个哥哥，邻居家的哥哥气喘吁吁地跑了过来，他一边擦汗一边对我奶奶说，又一群蜜蜂飞走了，它们朝粮站那边飞呢。

我奶奶突然冲着我和弟弟喊，看什么！快滚回去！滚一边去！

蜜蜂：蜜蜂科，膜翅目，昆虫纲。头部为三角形，与身体连在一起，复眼，胸部长有3对足和2对翅膀。腹部有黄黑相间的圆环。在有数千成员的群体中生活，主要食物是花粉和花蜜。

我父亲说分蜂时是一只新长成的蜂王率领部分雄蜂和工蜂离开，后来在一份资料上我发现它说得和我父亲不同。上面说，是老蜂王离开，新长成的蜂王留下。对于这个说法我父亲表示了不屑。他说，你奶奶养蜂的时候一天能分出两窝蜂去，怎么会有两个老蜂王？说完我父亲就背过身去，哗哗哗哗地翻他手里的报纸。

很长时间奶奶都不给我们哥俩好脸色。抹很少蜜的馒头也没有了。好在，我们可以从爷爷那里得到柳条编的花篮，苇叶编的蝈蝈和蜻蜓。

我父亲和我母亲也陷入了冷战。吃饭时大家都安静得可怕，就连我弟弟都那么安静。

我母亲说，凭什么啊，这房是我自己盖的，我当然有权力决定养不养蜂。我们容易吗，盖这几间房她一块砖头没出，一个鸡蛋没出，一片苇叶没出。那时候我有多难。现在想在我的房上挖洞，哼。她自言自语，一副很气愤的样子。

那天中午，炎热的中午。我母亲拿着一个蝇拍在院子里晒着。啪，啪。我突然发现她并不是在打苍蝇，而是在打落在院子里的蜜蜂。

她端着蜜蜂的尸体，将它们丢到鸡的嘴边。

我的三婶要生了。那年的七月，三婶生下了一个男孩，我又多了一个弟弟。现在先说五月的事儿。对我家来说，那个五月可是一个难熬的，充满火药味的五月。

我的三婶要生了，三婶的母亲早早地来到我奶奶家住了下来，那时刚刚五月。我三叔三婶一直没有自己的房子，他们跟我爷爷奶奶住在一起，现在，又多了一个三婶的母亲。

后来我爷爷、奶奶跟我父亲商量，他们想搬到我们家去住，我爷爷强调，这是暂时的。我父亲说没事，没事。我奶奶哼了一声，你能做主么，跟你说行吗？

充满火药气味的五月。冷战热战一起爆发的五月。我母亲几次领着我或我弟弟回姥姥家去住。她和我姥姥争吵接连不断，有几次我姥姥哭了，我怎么有你这么一个女儿啊。

我姥姥的风湿加重了。她多次一个人去我奶奶家，用蜜蜂的毒针去治疗。我父亲送回我姥姥两次。我母亲对我父亲的态度相当冷淡，仿佛她是一块拒绝融化的冰。第二次，我姥姥送我父亲出门时，我父亲将我拉到面前抚摸着我的头，他说，算了，你也别操心了，我改变不了她，也改变不了我母亲。只是苦了孩子。

我母亲终于同意我爷爷奶奶和我们一起住了。她强调，这是暂时的。如果老人一定要将自己的房给我三叔，也行，但得给老人再盖几间。房钱可由两家分摊，我们宁可吃点亏。

她也太偏心了，她总是怕寄生虫长不肥。我母亲说。

这几间房都是我一点儿一点儿攒出来的，她一块砖头没出，一个鸡蛋没出，一片苇叶没出！我母亲说。

我父亲默默地听着。他的脸色很难看。但那些天，我父亲一次也没爆发。他也没将气撒到我身上。

蜜蜂嗡嗡。它们在蜂房前面匆匆忙忙，回来的蜜蜂的腿上粘满了黄色、红褐色的花粉。

我们又有了抹蜜的馒头。

但我的左手被蜜蜂蜇得肿了起来。我将蜇肿的手缩在袖子里。好在，我并不需要用左手写字：我爱北京天安门。

在我爷爷奶奶搬过来之前，我父母又爆发了一次战争。战争的起因是，我奶奶想将蜜蜂也搬过来。我父亲给出的理由有两个，一是方便照顾它们，二是我三婶害怕蜜蜂蜇了她的孩

/ 蜜蜂，蜜蜂 /

子，她可是马上要生了。

我母亲说不行不行，她怕蜇了孩子我还怕呢，我的孩子还是两个呢，不能她家的孩子是人，我们家的就不是吧？两个人又叮叮咣咣地打了起来。

阻止归阻止，蜂房还是在墙上建成了，笨拙的父亲将蜂房弄得相当难看，但在实用上没有大问题。

蜜蜂们搬过来了，然后我奶奶也搬过来了。我们家的院子里有了蜜蜂的嗡嗡声，有了数目众多、起起落落的透明翅膀。

我父母给我爷爷、我奶奶收拾着搬来的东西。我母亲随口问了句，娘，你那个藏蜜的箱子呢？她没让你也搬过来？

奶奶将话岔到了别处。

我生了两个孩子，坐月子的时候可没吃过你一口蜜啊。我母亲拍打着自己身上的灰尘，灰尘纷纷扬扬。

怎，怎么会？我给过你啊。搬到我家来的奶奶像另一个人。像一个做错了事的小学生。她矮了下去。

院子里有了那么多的蜜蜂，那么多的起起落落，那么多的嗡嗡嗡嗡。它们有时会爬进屋子里一只两只。

我母亲拿着蝇拍。她打苍蝇，有时蝇拍也会落在某只屋里屋外的蜜蜂身上。她经常会这样，可我奶奶却一次也没发现。

087

在记忆、行走和思考之间

一只工蜂的寿命,在春夏一般是三十八天,冬季是六个月。蜂王的寿命一般在四年左右。

我母亲将一些蜜蜂的寿命大大缩短了。

她总是抱怨蜜蜂的存在。

她总是说养这个干什么,又见不到蜜。

我母亲说,早晚她会将蜜蜂全部弄死。

我姥姥的风湿没有明显的好转。我母亲时常打发我去叫我姥姥,她现在也坚信蜂毒对风湿有疗效,只是缓慢一些罢了。

蜇过之后,我姥姥坐下来和我奶奶说会儿话。我奶奶在进入我家之后就不再是原来的奶奶了,她和我姥姥好像有说不完的话。

三婶生下了一个儿子,我又多了一个弟弟。

白天,我奶奶会早早地赶过去,傍晚的时候才回来。我母亲说,我那时她可一天也没这么用心过。

我母亲说,我奶奶搬到我们家来是个计谋,她和寄生虫三叔他们早就商量好了。我母亲说,她是看着咱们家的房子大,眼红。我母亲说,我早就看出来了。

说这些的时候我母亲直直地盯着我父亲,而我父亲的眼光在别处。

/ 蜜蜂，蜜蜂 /

我母亲也被蜜蜂蜇了。这是她第一次被蜇，而且是有两只蜂先后在同一个上午蜇了她。

想想，我母亲的脾气。

她的脸上、头上蒙上了纱巾、纱布。我母亲还特地找了一件旧衣服穿在身上，戴上了手套。从背影上看，我母亲和我奶奶很像很像。

她将半瓶敌敌畏倒进了借来的喷雾器里。那天上午，爷爷、奶奶，以及我父亲都不在家。我和弟弟都阻止不了她，她冲着我们喊，去外面玩去！你们也想管我！

那么密密麻麻的死亡。蜜蜂一只一只一片一片地摔下来，像一场局部的大雨。

嗡嗡声渐渐稀疏了下来。蜂房里，充满了敌敌畏的气味。一些刚刚归来的蜜蜂扎入这种气味中，转上几圈儿就昏死过去。它们的身体里含着蜜，腿上带着花粉。

我母亲将死去的蜜蜂扫到一起。那么多，那么轻，那么厚。一些蜜蜂还在噼噼啪啪地落。

她将蜜蜂的尸体装在纸箱里。我母亲一共打扫了三纸箱。

一些蜜蜂还在噼噼啪啪地落着。嗡嗡声不时地在纸箱里传出来，它和平时的声音有很大不同。

天渐渐暗了,一抹夕阳涂在墙上。

我的爷爷、我的奶奶和我父亲,都快来了。

父亲树

父亲暮年，一直被病痛所折磨，病痛早早地进入了他的骨头和血液，它消耗掉了父亲的全部气力和热情。我和弟弟可以清晰地感觉到父亲对生活的厌倦，虽然他不说，不在我们面前说出，他总是尽量展示给我们一副相对乐观的样子。可那种煎熬啊……

在身体略略好点的那几天，父亲就去地里挖一个坑。开始的时候他不让我们帮他，说自己干就是了，后来也许是出于急迫和自己没有了力气，他答应了我们的要求，让我们兄弟按他的指点将那个坑挖成了一个浅井的样子。之后，他进一步要求，让我们将他放下去，放在这口浅井里，盖上土。他的要求不容置疑。经过一段时间的反对、迟疑和争论之后，我们还是答应了他。是我弟弟先答应下来的。我们将父亲多病的、有着怪味的身体放入了井里，然后和他说着话，向他的身侧填土。土盖过了他的胸，盖过了他的脖子，盖过了他的嘴，最后盖过了他的头顶。这个时候我们都已经泪流满面，真是个令人忧伤的时刻啊！我们哭着，将土压实，浇上水。

十几天后，在父亲被填下的地方长出了一棵树。这棵树长得很快。我和弟弟知道，它是从父亲的身体里长出的，是我们的父亲变成的，因为树干上有父亲的眉眼，那些纹路有明显的他的惯常表情。的确，那是我父亲变成的一棵树，它能够和我们说话。我问它感觉好些了吗，它的回答是还行。分明是父亲的声音，只是略有些粗糙感，仿佛口里含满了沙子。考虑到那时父亲已经变成了一株树，这些变化是可以理解的，被埋在土里的父亲没有死掉还变成了一株无病的树，这点很让我感到安慰。我对父亲说，对树说，过几天我会过来看你的，会的。

父亲树

每过些日子，我就会到田间去，无论有没有要做的事儿。我去和那棵树说话，说说这些日子的发生，说说父亲熟悉的生活。它很有兴趣。有时也发表一下自己的看法，说这事应当怎么做，谁谁谁小心眼多不可信赖要防着他点儿，谁谁谁曾借过我们三十块钱都六七年了还没还，要记得提醒他。有时，它也说说在田里的看见，谁家的羊吃了我们家的麦苗他装作没看见也不去管，草应该除了，哪片地里麻雀特别多该扎些稻草人了，等等。它跟我谈起我的弟弟，说他心太浮，太懒，得好好地管管他。

在父亲变成树前我是有名的闷葫芦，不习惯和谁多说话，但在父亲变成树后我的话多了起来，我努力把我看见的想到的记下，好到田里和那棵父亲树好好说说，我有这个责任。但随着时间，随着这棵父亲树的生长，它的话却越来越少了，而且越来越含混不清，沙子把它的口已经全部塞满了，我发现，随着树的生长，父亲在上面的眉眼也越来越不清晰，它们渐渐成了纯粹的树皮的纹裂，突起的树瘤……一年之后，这棵树已经长得很高，但不再和我说话，后来发出的嗡嗡声也没有了。它长成了单纯的树的样子，无论是树干还是叶片，在它那里，"父亲"的成分慢慢消失，尽管父亲是这棵树长成的种子。

无论如何，我还是将它看成是我的父亲，我会一直坚持这种固执。

秋天的时候，我在长有树的那块地里种下麦子，麦收后，我和那棵树认真地商量一下，是种玉米还是高粱？父亲在的时候喜欢种点儿芝麻，我也坚持了父亲的这一习惯，在靠近树的地方种了一分地的芝麻。芝麻在熟的时候很占人，麻雀、喜鹊都喜欢和人争夺，而村上有些人，也习惯在芝麻地里干些小偷小摸的事儿，所以父亲在的时候每年芝麻的收成都不是很好。在芝麻成熟的时候，我尽量把自己种在地里，尽量让自己长成和父亲并排在一起的树，驱赶想来偷食的鸟，和那些偶尔路过的叔叔、婶婶、兄弟们打个招呼……我得承认，在父亲变成树后，我越来越习惯在田间待着，我突然有了太多的想说。之前不是这样，当然，之前，我也不习惯和父亲总待在一起，我们很少有什么话说，我弟弟也是这样。我们一家人都属于那种寡言少语的闷葫芦，在一起的时候自己都觉得闷。可父亲变成树后，我竟然有了这样的改变，我突然发现，和这棵父亲树说话有这么多的乐趣。特别是它不再和我交流之后。

当然，回到家里，我还是原来的那个人，嘴还是同样地笨拙，话多的是我的老婆。她指责我的弟弟，越来越不像样子，又耍些怎样的小奸滑以为她看不出来；我的弟妹又是如何话里有话，勾心斗角，总想在她的面前占个上风，而她又如何应对，将她压了下去。当然还有些东家西家的长短……我在她说这些的时候其实也有话想说，但想想，最终没有说出来。一直是这样，我之所以是闷葫芦，是因为话都自己闷着不想将它们说出来，说出来，可能伤人。我想我的父亲，我的弟弟也是这样。不过，我的弟弟的确越来越……唉。

在父亲离开我们的第二年我弟弟家有了一个男孩儿，这本来应当是件令人兴奋的事儿然而这个孩子却是一个，瞎子。这件事对我弟弟一家的打击很大，远比贫穷和被人轻视的打击更大，好像他们做了一件很不堪的事儿，抬不起头来。有了这么一个孩子，就像在平常的生活里面再压了一块石头，而且，它不会被卸掉。有一次，我弟弟在田间，和我谈起卸掉石头的想法，他肯定想过多次了，我抬头看了看地头上那棵父亲树，它在黄昏里显得有些模糊，但我知道它在。我说，兄弟，不行啊。父亲在那里看着呢。他要知道……

我弟弟，只是说说而已。

在父亲离开我们之后，家里遇到的事越来越多，也越来越艰难。种地收益很少，而种子和化肥却变得很贵。打过农药，能捕虫的益虫益鸟被药死得不少，而对害虫的作用反而不大，它们飞快地繁殖不得不再打更多的农药。前面的那条河也时常干涸，有水的时候也是发臭的黑水，据说这还是县里花钱买的，不然连这也没有。我和弟弟也曾想入股做渔粉生意，在我们村上做这个生意的人很多，许多人都发了财，但我们俩既没有资金也没有销售关系，笨嘴拙腮地做业务员肯定不够格，所以没有人愿意我们入股，这个门路根本不通。我弟弟给人扛过几天的麻袋，但只有几天而已，那样的苦他实在受不了，而且钱给得很少，还得欠着。我和父亲商量，和那棵高大起来有了阴凉的树商量，我们还是老老实实种地吧，虽然收益少，肯定富不了，但人总得吃饭不是？但总归是，饿不死人不是？

　　问题是，我的弟弟有了变化。因为这个瞎眼的孩子，他时常会和自己的妻子发生争吵，无非是些鸡毛蒜皮，他要用这些鸡毛蒜皮来散掉自己的怒气和烦躁。后来，他越来越多的时间待在外面，打打麻将，有时打不上麻将，他也会站在某人的背后，不顾人家的脸色和冷言冷语，时不时指手画脚一下。我老婆说，我厚脸皮的弟弟还时常去人家蹭酒，谁家来了客人，朋友，我弟弟总会不请自到，给人家热情地招呼客人，弄得人家

/ 父亲树 /

和客人都很不自在。我老婆说,村上许多人都把我弟弟当作一只挥赶不去的苍蝇,一见他出现马上就迎上坏脸色,可我弟弟却总是视而不见。她说,没有人愿意跟我弟弟打麻将,赢了还行,输了就赖,任凭人家如何催要他也没脸没皮地欠着,直到人家干脆推了桌子,一起从牌桌前走开。我老婆总能打听到一些事儿,她有加长的耳朵和加长的眼睛,村上什么事也瞒不住她,包括各种的谣言。她曾经因为传播有关村长的一个传言而被村长找上了门来,我们一家人好话说尽也无济于事,最终还是请了多人说情并将我们家的一处宅基地送给了村长才得以了结。她一点儿都不长记性。

　　我不知道该怎么说她。我对她的种种不满往往要说给田间的树听,反正,它听到了也不会再有什么意见,它越来越是一棵树了,已经完全没有了父亲的样子。有时,我会把它当成一棵普通的树,有时,我会将它看成是我的父亲,这得看我当时的情绪来定。对弟弟的某些劝告,我也愿意在树下进行,我和弟弟的地离得很近,农忙的时候时常会在一起干活,干完一块儿然后再同时去处理另一块儿。一起干活的时候是我对他进行劝告的机会。

　　我说,你不能这样。这样下去,你就毁了。

我说，咱父亲在这儿。你跟他说说，你最近都干了些什么？

我说，昨天，听你嫂子说你又喝醉了，还，还让人家打了？

我说，你看看你现在是什么样子了，要是，要是咱父亲知道你现在的样子，他会说你什么？别以为他不知道，他什么都知道，他就在这里呢。

我说，别总和老婆打架，打得，人心都凉了。孩子的事儿，也不能怕啊。

我说……

说这些的时候我时常会看两眼旁边的树。它已经很高了，很粗壮，有着茂密的叶子，长成了一棵大槐树，但一直没有开过花。我弟弟对我的指责与劝告并不反驳，我说过，他也是一个闷葫芦。说急了他的时候，他会用手拍拍那棵树，"别再提咱父亲了。这只是棵树了，咱父亲已经死了。要不你让它说说。"

他说得不对。可我没有理由能说服他。那棵父亲树，"父亲"的成分更少了，我虽然明白它是接着父亲的身体继续生长，但我的确也不能说，它还是我的父亲。

/ 父亲树 /

后来有一次,我弟弟又喝醉了,他先是在人家和女主人发生了争吵,被人家一家人推了出来,回到家里又和自己的老婆打了起来。我知道这个消息的时候他已经离开了家,不知去了哪里,这个消息是他妻子传递给我们的,她拉着自己的瞎儿子找到了我的家里。看着那个脏兮兮的、一脸怯懦的孩子,心里是一阵酸痛。我答应她们,一定要好好劝劝我的弟弟,一定要让他好好地过日子。

外面已经是一片黑暗,没有月光也没有星光,而我手里的手电筒只能发出微弱的光,还时断时续,早该换电池了。我在村里走着,有亮光的房子我就凑过去看看,但没有我弟弟的声音。后来我来到了自家的地里。我想和那棵树说说话,说说这样的生活,也说说我的怨气和委屈,我把它们积攒很久了,如果不和树去说,那么我要么会把自己憋死,要么就要爆发一次,我可不想爆发。我不准备再去找我弟弟了,他爱去哪儿就去哪儿吧,爱怎样就怎样吧,我又有什么办法?我不能代替他生活,何况,我的生活也不能算好。

远远地,我看到了弟弟的身影。他蹲在那棵树下。他也许也看到了我,但根本没有抬头。我凑了上去。他还是那么蹲着,像一条僵硬的,死狗。我闻到了巨大的酒气,他刚刚吐过,他把自己肚子里的脏东西竟然吐到了树下!我来了些勇气,拉着他的衣领将他从地上拉了起来,用手电的光照着他的脸:他刚刚哭过。脸上的泪痕还在,并且有小股的泪水依然在不断地涌出来。那一刻,我的心又软了。

那天他和我说了很多的话,这些话,也有部分是说给我们后面的树听的,是说给,我们的父亲听的,我认为。他说他天天想把日子过好,比谁都想,但早上一睁眼他就知道日子没办法变好。他没有把日子变好的道儿。他一直安分守己,规规矩矩,这是父亲教的,可结果却是这样一个结果,还让他有了一个瞎眼的孩子,要是有报应也应当报应在那些坏人恶人身上,可那些人都过得很好,也生不出瞎眼的孩子来。这个孩子就是一张嘴,只能吃吃吃,不能做,真的还不如养一条狗。这孩子要是生在一个富裕的人家也许还好一些。你问问,谁不疼自己的骨肉?可这么一块骨肉……让你对这个家的以后失掉了希望。我弟弟说,他早就没有期待了。他知道自己老的时候不会有人养老送终,连像父亲那样让儿子挖个坑把自己种下去种成一棵树的可能都没有,这个瞎子做不到。到时候,他可能还得让伯父的孩子养着,以后的日子可想而知。我弟弟说,他很不想像现在这个样子,很不想,可他有多少委屈,别人不知道啊,别人没有办法体会。我弟弟说,他是麻木了,早就麻了,木了,早变成树了,每天都在混日子,想办法早点把日子混到头,就算了,完了,一了百了。他说,他对我说,哥,你每天这样累死累活,又得到了什么?你觉得自己有好日子么?……他对我说,哥,贫贱夫妻百事哀啊,我其实也不想老是吵架,可一睁眼,一看那两张脸,一看那日子,我就,我就,有气。

有些事是制止不了的,这也许是所谓的命运吧。我知道我说服不了谁,有时,我也说服不了自己。人活得难了,说服自己都少一些底气。

邻居赵三叔找到我,说我弟弟偷了他的一百块钱,他放那钱的时候只有我弟弟知道,那是他的麻将本儿,可等他用着去取的时候钱已经没了。我说不可能,我弟弟不是那样的人,我父亲在世的时候我们拿人家个瓜、拿人家把柴火都会被打个半死,尽管我弟弟有这样那样的毛病,但偷的习惯肯定没有。不过,我也答应,一定找我弟弟好好问问,如果是他拿的,我们也一定会将钱送回去。赵三叔笑了笑,他笑得有些阴冷,"我相信你,可我信不着你那个弟弟。他肯定不会承认的。我和你说,你自己知道就行了。"

我弟弟果然没有承认。他甚至为此很生气，丢下手里的筐说要找赵三叔理论，但最终没去。后来他向赵三叔家里丢了三块砖头出了自己的怒气，其中一块打碎了赵三叔家的玻璃。后来，又有人找上门来，说我弟弟半夜摘走了她家半亩地的棉花，她发现之后顺着印迹找到了我弟弟的门口，也在我弟弟家院子里发现了没有被收拾干净的棉花桃。赵寺家的抱着自己的孩子，怒气冲冲，她说她找到我弟弟家去理论，可我弟弟和他老婆都没给她好脸色，说她诬赖，说她没事找事，把她给推了出来："你们家没有种棉花，怎么来的棉花桃？我怎么诬赖了？你给我说清楚啊！到底是谁欺侮谁啊？不就是他爹不在家，你们觉得我们没办法治你们么！"可气的是，我的老婆还在一边煽风点火，她认定，我弟弟已经有了偷盗的习气，以后我们家也要防好他。

等我过去的时候，他们家已经没有了棉花桃。得知我来的原因，我的弟妹从外屋冲到我的面前，哥，咱们是一家人，你怎么相信外人也不相信自己的兄弟？我们是贼，把屎盆扣到我们的脑袋上，你就能好到哪里去？别人欺侮咱家穷欺侮咱家弱欺侮咱家有这么个瞎孩子哥你不能也跟着欺侮我们不是？我不要你可怜我们，但也不许你们给我这家人气受！光脚的还怕穿鞋的？……她把孩子推到我的面前，那个可怜的瞎孩子被绊了一下，她的拳头落在孩子的后腰上：装，装什么好人，真是瞎了眼！给我滚一边儿去！

一年后。我弟弟喝醉了酒不小心摔伤了，有十几天下不了炕，正是麦收时节，我老婆自然是一肚子的怨气，她要求我和弟弟的地分开来收，个人收个人的，反正一起收也还是个人的麦子归自己，我说不行。咱父亲看着呢。咱要是这样做，村上的人也会说闲话的。后来她打听到，我弟弟根本不是喝酒摔伤的，而是被人家打的，他一天夜里去偷人家加工厂的钢锭，被人家发现了。麦收的那几天里，我老婆一边干活一边冲着我的弟妹指桑骂槐，有时的话语也颇为露骨，但她一直没有任何反应。仿佛她没有带出自己的耳朵。"你就装聋作哑吧，"我妻子说，"就是吃这个。没脸没皮。"我悄悄地对老婆说，你别这样了，咱父亲看着呢，我用下巴指了指地头上的那棵树，可她的声音却因此又提高了八度："看着吧，我就是说给咱爹听的，让他来评评理！老实人不能总吃亏啊。"

那年秋天，镇上突然新建起了许多的歌舞厅，招了不少的来自外地的女人，村上许多做渔粉生意的老板经常和客人们光顾，据说这属于什么"红灯区"，得到了镇政府和派出所的特别照顾，陪客人唱歌跳舞的女人们有时也会做些皮肉生意。那一年，我们村的渔粉生意做得很大，都供不应求，为了增加产量他们开始在渔粉里掺入不少的沙子，当然为此还要加一些蛋白精，否则在进养鸡场、养猪场时化验会不合格。那一年，小山上的沙子卖得十分红火，我弟弟加入了卖沙子和往渔粉里掺沙子的活，这个活不重，而且老板们给的价钱不少，还不打白条。他也曾劝我一起干，很来钱，但我拒绝了。我说，父亲看着呢。我不知道怎么跟咱父亲交待。有了些小钱的弟弟显示了他的不屑，它就是一棵树了。再说，父亲看到了又怎么样？我们老老实实又得了什么好处？再说，又不是我们的假渔粉，又不是我们卖，我们只是按他们的要求掺的，是真是假和我们没有任何关系。

我们村的渔粉生意好了两年，然后一落千丈，中央电视台的《焦点访谈》对我们村我们镇的渔粉造假进行了曝光，使得镇上的各种生意都跟着受到了影响。村上许多人都对此感到惋惜，村长甚至在一个会上大骂给中央电视台报信的人，他说这样的人给我们村抹了黑，给村上的经济带来了巨大损失，如果他知道是谁干的，一定没他的好果子吃。我弟弟也说，如果他知道是谁出卖了我们村，也一定不给那个人好果子吃——他也

/ 父亲树 /

失业了。沙子又回到了沙子应当的价钱,而且政府也贴出告示,不许任何人再去挖沙。我的弟弟,他又恢复到原来的样子,无所事事,总和家里人吵架,常常待在外面不回家……我老婆又听来了其他的风言风语,她说,我的弟妹和某某人好上了,在一起办那事的时候让人家看见了。现在,村上的人都知道。她说得,有鼻子有眼。

无论它是不是事实,要是我那有着邪脾气的弟弟知道了,肯定会……肯定不是什么好结果。我得想办法,我不能看着他们的家庭散了。自从我父亲在田间长成一棵树后,我感觉自己身上的责任和压力越来越大了。可我,怎么去说呢?

机会终于让我找到了。那天我弟弟不在,我和弟妹在田间锄地,找了个理由,我将自己的老婆打发到一边儿。我吞吞吐吐,先举了一个我想了很久的别人的例子——没用我再往下说,她就明白了,竖起锄头,盯着我的脸:"哥哥你听到什么风言风语了吧?别说我没做什么,就是我做了,也轮不到你管我,你还是先管管你的弟弟吧,你问问他,在镇上都做了些什么,找过多少个小姐?你先管住他再来管我!我不就是生了个瞎孩子么?你们就屎盆子一个个地往我脑袋上扣!我一身屎,你们就那么高兴?"……这时,我老婆突然出现了,她先用鼻孔重重地哼了一声，然后拉长了音调："吆，弟妹啊，谁给咱扣屎盆子了？咱可不能干他的，咱们要堵着他的门，让他给全村的人说清楚，咱得跟他没完！"

随后，我弟弟也过来了，他嚼着一片草叶儿，似乎还哼着什么小曲儿。

这是多年以前的事了。真的，有些事是制止不了的，这也许是所谓的命运吧。人是不能对抗命运的，只能与它和解，任凭它压你，砸你，让风吹你，让雨打你……反正我想不出更好的方法，有时我觉得日子就是苦熬。我父亲是，我弟弟是，我也是。也许我的儿子也是，他现在还很快乐，有些在我看来不着边际的想法，但很快，他也就……这是没办法的事。谁让我们是穷人呢。谁让我们只会种地呢。谁让我们，一生下来就被命给安排好了，怎么挣也跳不出去呢。这些想法我从来没有跟地头上的树说过，我不说这些，这些只能闷在心里，我能和它说的是事儿，是家里的村里的外面的事儿。说这些没用的干什么。

弟弟染上了越来越多的恶习。他去看打麻将的时候让警察抓过，不知道从哪儿来的力气，竟然在警察准备将人们带走的时候他翻过院墙，飞快地消失在玉米地里。村长说警察早认出是我弟弟来了，之所以没有继续追他，是人家知道他根本不可能参与那么大的赌博，抓住他也罚不到多少钱。我的弟弟，在给人家往渔粉里掺沙子的时候竟然也学会了去歌舞厅，据说还和几个小姐不清不楚，他和我们的一个侄子，因为一个小姐还曾有过争执，被我们侄子的手下狠狠地打了几拳。他曾和几个无所事事的孩子一起，敲诈过路的汽车司机，差一点儿被警察抓走。据说他还参与过抢劫，这是我老婆打听到的，这也许是种误传也许是我妻子的想象，因为那次参与抢劫加油站的几个人先后都被抓了起来，而我弟弟却可以好好地待在家里。不过，他和参与抢劫的几个人都认识倒是真的，还在一起称兄道弟喝过酒。他越来越多地早出晚归，总不待在家里，而在家里就是争吵，相互怒骂，把杯子摔碎让碗和盆飞上屋顶——我对他的劝阻毫无用处，即使我拉上父亲参与也不行，他听不进任何的劝告。何况，我们的父亲只是一棵树。它不真正地参与到我的劝阻中。

他们可怜的瞎儿子，一直充当着两个人发泄怨气的出气筒。他越来越是一副可怜的样子，甚至生出了不少的懈怠。有时，我在给自己儿子买点什么冰糕或其他零食的时候也给他一份儿，他接过来，却是一副冷漠的甚至让人生厌的样子。

那一年，电视上说一家外地的化工厂在我们镇招工，距离我们镇并不是很远，我提了两瓶酒，求村长为我弟弟报了名。他说我弟弟的存在也让他这个村长感到头痛，打发出去也好。原来以为他也许不愿意出门，一直懒散惯了，而且没什么技能，可没用我劝说他就痛快地同意了。我想，他离开一些日子，也许对这个家会好一些，如果能多挣点钱就更好。可没有想到。

没有想到，我弟弟再没能活着回来。是村长通知我出事的，他说人家工厂里打电话来了，让家属过去，人伤着了，情况可能不好，具体情况人家在电话里也没说清楚。我和弟妹一起坐上了汽车，火车，然后到了化工厂，见到的是一具放在冷柜里的尸体。最初他们说是我弟弟自伤的，是他的操作失误，给工厂造成了巨大损失，如果不是人已经去了他们不想再追究，否则我们得赔偿这家化工厂的损失，那些和我弟弟一起进厂的本村的、邻村的工人们也一起作证，劝说我们要感谢工厂领导，尽快把尸体运走。那时我还算冷静，坚持要求请当地的公安介入，坚持尸检，后来他们只得承认，我弟弟是工伤，原因是有害气体泄露，造成了他的昏迷，从高台上掉了下去。听

/ 父亲树 /

了这个结果,我弟妹才哭出了声来,她哭得声嘶力竭,痛不欲生。

我们得到了一笔钱。他们想把弟弟的尸体火化再运回我们村,我不同意。我要把我弟弟完整地运回村里,然后把他埋在我们家的地头,和父亲的树并排在一起——这个心愿最终达成了。然而,我弟弟并没有像父亲那样长成一棵树,我给他浇水,施肥,精心护理,可树还是没有长出来。我想原因可能是,我父亲是活着埋下去的,而我弟弟入土的时候已经死亡;我父亲埋入土中的时候身体是热的,而我弟弟,他的身体则在冰柜里放了很长的时间,已经结冰。

经过一些争吵,讨价还价,我的弟妹带走了一些钱,离开了我们家,而她和我弟弟的那个瞎孩子则留在了我们家。开始我老婆不同意这样的结果,后来她又在如何分我弟弟死亡补偿款的问题上和我的弟妹发生了争执,差一点儿对簿公堂。现在,我已经不能叫那个女人为弟妹了,她走了,离开了我们村,脱掉了和我们家的一切关系。临走的时候,她还不忘对我的弟弟进行一番恶狠狠地咒骂,尽管她最后揣走的钱是他用自己的生命换成的。我理解她的怨恨,在嫁给我弟弟的这些年里,她没有得到她想要的。我弟弟,对不起她。

在我把弟弟埋在父亲那棵树旁的那年,那棵从父亲身体里长出的树像得了一种奇怪的病,还是夏天的时候它就开始黄叶,大片大片地掉下了许多的叶子,光秃秃地没有了生气。我给它浇水,施肥,买一些防虫的药给它涂上,然而无济于事——掉了树叶的槐树让人心酸。我坐在树下,和那棵父亲树交谈,谈些我觉得高兴的事儿,有趣的事儿,或者遥远的事儿……我不知道还能怎样来安慰它。尽管这棵树"父亲"的成分已经很少了,但我弟弟的死亡还是让这样的成分显现了出来,让我看到了它所经受的打击。春节的时候,村上和我弟弟一起打工的那些人也回到了村里,他们三三两两到我家里,有的还提了廉价的酒和糖。他们都说着其他的事儿,不提我的弟弟,我也不提,我提起来会让他们尴尬,在我去化工厂领弟弟回家的时候,他们按照厂里的说法对我撒了谎。我能看得出他们的坐立不安。临走,他们会顺便提一下我弟弟,或对我说,我们应当和厂里接着闹,有人就得了更多的钱。我不说话。事情已经过去了,平常的日子都还得接着过,一年,一年。

这么多年了,我还在种地,种小麦,玉米,芝麻,小米。在河沿上我又开出了一块菜地,足够一家人吃的,还常有些剩余。日子那么不好不坏地过着,我的儿子在初中毕业后就出去

/ 父亲树 /

打工了,两三个月的时间会打一个电话给家里,说不用我们担心,他正在学什么什么,我们最好能给他寄一点儿钱去。这么多年了,我还时常到地头的那棵树下坐坐,和它说说话,聊聊天,它已挺过了那年的悲伤,长得高大粗壮,有沙沙作响的茂密的叶子。有时到田间,我会带着那个瞎侄子,对他谈不上喜欢也谈不上关心,我把他带到地里,是想让他的爷爷看看,他的爸爸看看,我一直养着他,一直尽着自己的责任,而已。他倒也不用别人费心,自己待在一个地方呆呆地想自己的事儿,仿佛是另一棵树,只是没能长出绿色的叶子。

累了,坐在地头上,我说,如果我老了,也在这里挖一个坑,把自己活着埋进去。如果能像父亲那样长成一棵树当然更好,如果长不成也无所谓,长得成与长不成都是命运的事儿,顺着它就是了。说这些的时候我的侄子也在听着,他还是那副怯怯的让人生厌的表情,这个瞎子。我皱了皱眉,这时,他突然叫了一下,侧开了自己的身子:我看到,一只灰色的刺猬,从他屁股旁边的草丛里钻出来,绕过了树,朝着河边蓖麻地里窜了过去。

辛丑冬
李浩

不是一番寒徹骨怎得梅華撲鼻香

時歲戊戌 李浩書

父亲，猫和老鼠

那是我的父亲。他翘着腿，躺在床上，哗哗哗哗地翻着报纸。他下岗有些日子了。

他总是那样，躺在床上，翘着腿，哗哗哗哗地翻报纸。一副百无聊赖的样子。

如果看到某篇文章，如果他觉得精彩，我父亲就放下腿，直起身子，将文章读出声来。他似乎是试图让我们听见。原来，百无聊赖只是他的一个壳，一个侧面，一个可能的假象。我父亲读报纸的时候摇头晃脑，很像一个领导。他暂时放弃了下岗工人的身份，有些神采飞扬。

往往是，我父亲一旦读出声来，我母亲就开始出手打击了。在我父亲下岗之前她不是这样。她一边斥责我的父亲一边抢下他手上的报纸。你还是醒醒吧，我母亲说。

然后，我父亲重新百无聊赖下去，他躺下来，翘起腿。他又背起了自己的壳，任凭我母亲反反复复地数落，指责。躺在床上的父亲像一条巨大的蠕虫。

那是我的父亲，他一直这样，什么事也不做。翘着腿，躺在床上，哗哗哗哗地翻着报纸。他用这样的方式打发自己的时间。我发现，我父亲对国际国内的政治时事，体育新闻和一些评论文章感兴趣，而那些文娱新闻，奇谈怪事则无法触及他的神经。他的一部分神经是麻木的。我还发现，我父亲对"奋勇前进""战胜困难"之类的词有着特殊的偏爱，无论这个词在报纸的哪个角落里，他都会凭借一种敏感很快将它们找到，然后将那篇文章读出声来。

那是我的父亲，是我天天的父亲。他下岗已经有些日子了。

我母亲的火气越来越大。她抱怨，家里外面的活儿一件也不做，也不知道想干什么。她抱怨，以后的日子怎么过啊。她省略了主语。

我和弟弟的眼都偷偷地瞄向了父亲。以前他可不是这样，他以前可不是，有一双麻木的耳朵，有一张沉在碗里的脸。

后来，我父亲的日常还是有了转折。转折的起因是，我们家里出现了老鼠，并且数量众多。我们先后在厨房里、厕所里、卧室里和院子里发现了它们，可以断定，这是一个庞大的家族，它们不知是从何处迁徙来的。

我母亲的一双皮鞋被咬出了三个洞，这三个洞，就像出现在她的身上一样让她心疼。厨房里的馒头也开始丢失，地面上留下了馒头的粉末和老鼠的屎。有一天我们在院子里吃饭，三只小老鼠竟然大摇大摆地走到了饭桌前，其中的两只还为争夺什么打起了架来。

我们运用了干馒头、扫帚和自己的脚，然而并没有将任何一只打死，虽然它们看上去相当笨拙。回到饭桌前，我母亲突然加重了语气：反正你也没事干，就想办法治治老鼠！光躺着不怕臭了啊，不怕发霉啊！

我父亲抬起头来，他说行。行。

开始，我们都没有将他的承诺当真。我父亲总是说行，行，是，是，可一般来说他说过了也就是说过了，他并不会真的做什么。他是一个懒惰的人，这点他也承认。

但那次真的不一样。我父亲竟然是认真的。

我们谁也没有想到他是认真的。他不是那种人。

然而在某一个上午，我父亲和老鼠之间的战争真的开始了。

他锁好自己卧室的门。然后一个人哼哧哼哧地挪动了床。沙发。旧报纸。鞋盒。一切可以挪动的物品他都挪动了一遍。再然后，他锁好卧室的门，锁好厨房的门：他在厨房里点燃了和老鼠的战火，厨房的战斗弥漫着硝烟和油烟。

第一天的战斗我父亲有了一个小小的胜利。他打死了一只老鼠，还有一只老鼠竟然被他活捉了。我母亲回来时，他从一个空鞋盒里提起了那只老鼠，他让我母亲看：我父亲用线将那只老鼠的腿、身体和尾巴都绑了起来。——还不弄死它！我母亲冲着他嚷。

我父亲并没有马上将老鼠弄死。在我和弟弟依次回到了家，看过之后，我父亲才将老鼠提到院子里，用一根木棍敲碎了它的头。老鼠的吱吱声小了下去，它还在抽动，它的眼睛闪着一种淡淡的光。我父亲重新将它放回到鞋盒里。

晚上，和我父亲一起下岗的赵叔来找我父亲下棋。他们以前就常在一起下棋，下岗后更是这样了。那天晚上，我父亲第一次没有和赵叔谈国际国内形势，而是一直在说老鼠。老鼠。老鼠。后来赵叔都有些急了：你有完没完啊？还走不走？我发现你谈老鼠比谈国际形势还烦人。

看得出来，我父亲有了一些挫败感。那天晚上他输得一塌糊涂。

晚上，我母亲被一阵奇怪的声音惊醒。她支起耳朵听了一会儿，唉，她对我父亲说，有老鼠！老鼠在咬床！

我父亲说你纯粹瞎说。卧室里肯定不会再有老鼠，他是一寸一寸找的，每个角落都找过了。我母亲说你听你听。看是谁瞎说。我父亲坐了起来，卧室里静得有些可怕，他能听到的只有我母亲的呼吸。

我说没有吧。当我父亲准备将他的头重新放回枕头上时，床下的声音突然又出现了。的确，我母亲说的没错。

/ 父亲，猫和老鼠 /

那一夜我父亲一点儿觉也没睡，他把自己弄得筋疲力尽然而并没有捉到一只老鼠。甚至，他都没有看见老鼠的影子。

在我父亲筋疲力尽之前我母亲早就出来了，她不停地抱怨着然后挤到了我和弟弟的床上。很快她就鼾声如雷，并用力地咬自己的牙。

是的，我父亲的地毯式搜索并没有取得应有的效果。相反，老鼠越来越多，它们几乎无处不在。

我母亲在她的一个木箱里倒出了一窝幼小的老鼠，它们都还没有长毛，眼睛也没有睁开。我母亲尖叫了一声就将她的箱子抛出了屋子，这时，一只硕大的老鼠从她的旧衣服下面窜了出来，不知去向。

拿起一根木棍，我父亲追赶着那只早已不知去向的老鼠，他漫无目的的追赶遭到了我母亲的训斥。我母亲一边呕吐，一边将我父亲说得体无完肤。

许多天后，他开始自己制作老鼠夹子。他右手的食指被夹肿了，中指的指尖处也出现了淤血。后来，在赵叔的帮助下我父亲终于制成了三只老鼠夹。他将那三只难看的老鼠夹子放在老鼠经常出没的三个角落。

躺在床上,翘着腿,他哗哗哗哗地翻报纸。有时他会突然停下来,支起耳朵。

可惜的是,三只老鼠夹子在半个月的时间里只打到了一只不算大的老鼠,作用不大。何止是不大,它们甚至助长了老鼠们的胆量,更加肆无忌惮起来。

有一天我弟弟一觉醒来,感觉自己的脸上有一条细绳在动,他摸了一把,一只老鼠吱地叫了一声跳下了床去。

天天晚上,我母亲都能听见老鼠们咬床的声音,她将它们的这个举动看成是对我父亲的报复。她甚至怨恨我父亲,说如果不是他打老鼠,老鼠也不会非要咬床。她还抱怨,老鼠吵得她整夜整夜睡不好,第二天上班都没有精神。我父亲对她的说法进行了质疑,他说他打不打老鼠和它们咬床无关,不打它们也会咬。再就是,你的鼾声哪天晚上断过?怕是你吵得老鼠也睡不好觉,才来咬床的吧。

没完没了。

我父亲买来了老鼠药。为了达到目的,他把药拌在馒头里,肉里。他还买回过一种很难闻的香,在各个房间里点燃,弄得各个屋子里都是那种让人恶心的气味。他说用这香可将老鼠熏走。

不知是谁提供的方法（赵叔说不是他），我父亲将一只抓到的老鼠绑起来，然后往它的屁股里塞绿豆粒，玉米粒。他还为这只老鼠进行了外科手术：他用针用线将老鼠的屁股缝上了。本来他是想让我母亲来做这个手术的，但我母亲坚定地拒绝了他。他只好自己笨拙地上阵。

他说你们等着吧。他说绿豆粒和玉米粒会在老鼠的肚子里发芽，它们在老鼠的肚子里慢慢膨胀，那时老鼠就会疼痛难忍，而又无法将绿豆粒和玉米粒排出。时间一长这只老鼠就会疯掉，并且凶残无比。它会将其他的老鼠都咬死的。

我父亲笑容满面地放走了那只屁股里塞满了绿豆粒和玉米粒却因此也失去了屁股的老鼠。他制止了我们，看着它艰难地爬到院子东边的角落里去。你们等着吧，我父亲显得胸有成竹。

当然是又一次的落空，又一次的落空。我弟弟的语文课本被老鼠咬掉了很大的一片，拿这样的书上学他可能觉得很没面子，于是他将那本课本偷偷地烧掉了。这事儿我知道，但我没有和任何人说起过，包括对我弟弟。厨房里的鸡蛋被淘气的老鼠打碎了不少，木质的碗橱也被钻出了洞。这无疑给我们原本就不富裕的生活雪上加霜。我们只好听任我母亲层出不穷地抱怨。

后来她说，养只猫吧。还是养只猫吧。

这是我母亲的转折。一直以来，她都对猫对狗有着让人难以理解的厌恶，如果不是她自己提起，我们是不会提议养猫的。现在，她妥协了。

但我的父亲，却出人意料地表示了反对。他说，用不着。

我母亲将碗重重地砸在饭桌上，碗里的饭有一半儿撒了出来。用不着，用你行么？你抓了几只老鼠？你自己看看，你是长了猫爪还是鸭子脚？

我父亲也火了，他手里的碗也重重地砸在桌子上，碗里的饭撒出得更多：我说用不着就用不着！

晚饭之后，我父亲用水桶提了水，倒在院子里。他把院子弄得一片汪洋。我的父亲，脸阴沉着，哼哧哼哧地喘着气。

一只老鼠也没有被他灌出来。我弟弟悄悄对我说，他的做法也是有道理的，即使淹不死老鼠，也必然会将老鼠洞弄

/ 父亲，猫和老鼠 /

湿，让它们得上风湿性关节炎。我弟弟说这些的时候一脸坏笑。

猫还是来了。它是我母亲花了十四元钱在街上买的，是一只有花斑的白猫。我母亲说它叫了一路，可能是饿了。但她还是听从了我父亲的意见，并没有喂它。

我父亲说，猫只有饿着才会拿老鼠。吃饱了的猫是不抓老鼠的。

老鼠突然地就少了下去，突然地就少了。我家院子里、厨房里、卧室里都再也见不到它们的踪影，也听不见它们咬床角时的声音了。而在此之前，它们是那么繁忙，肆无忌惮。

我父亲说，也没见猫拿到老鼠。他是一副失望的表情，怨愤的表情。

没有了老鼠，我父亲的生活又恢复了，他变回了蠕虫。躺在床上，翘着腿，哗哗哗哗地翻报纸。如果看到哪篇文章精彩，他就放下腿，直起身子，读出声来。

在饭桌上，我父亲总爱向我们兜售他从报纸上看来的时事新闻，并加以评论。好在我母亲能够及时地制止他，我母亲会一下子将他的热情打下去，浇上一盆凉水。没有完全浇灭的火焰嗞嗞嗞嗞地冒着白色的气。

我发现，我父亲对待那只猫很不友好。不只是不友好，甚至都有些恶意。我的发现很快也被我母亲和弟弟发现了。

他一个人在家的时候从不给猫喂食。还经常用扫帚、木棍、干馒头或脚对它进行殴打。有一次吃饭，我父亲的脚伸出很远踩住了猫的尾巴，猫尖声叫着，可他的脚就是不抬起来。我母亲只得狠狠地踢了他一脚。

他故作惊讶地哎了一声，是我踩住它了啊。

过了一会儿，他又说，猫不叫，就吓不走老鼠。

一有机会，我父亲就向我们表达他对这只猫的厌恶，他努力让我们感觉，他的厌恶是有道理的。它又馋又懒。总爱偷吃。大白天躺在沙发上睡觉，一睡一上午。弄坏了花盆和盆里的花。随地大小便，如果它不盖起来还好，一盖起来就容易忽略，结果弄得他不知踩了多少回猫屎，院子里屋子里都是猫尿的气味。

我父亲夸大了猫的缺点，我们都清楚，只是不说罢了。我们不说，他就可以名正言顺地惩罚那只有缺点的猫。我们说了又能怎么样？

可够那只猫受的。

不止一次,我父亲对我母亲说,反正也没老鼠了,还养它干吗。不如送人算了。

不止一次,我父亲对我母亲说,你不是不愿意养猫么。这只猫也实在讨厌。

那只猫,被我父亲训练成了一只老鼠,敏感的老鼠。无论它是坐是躺是卧,只要一听见我父亲的脚步靠近,它马上鼠窜,像风一样窜过院子跳到房上。是我父亲,让它有了一双极为灵敏的耳朵,一颗极为灵敏的心。

有一次,我母亲终于忍无可忍了,她一把拉住我父亲就要抬起的脚步:也是这么老大一个男人了,非要和猫较劲,你说你丢不丢人!

积累下来的抱怨也由此开始了。我父亲一声不吭地听着,后来他躺到床上,哗哗哗哗地翻起了报纸。

我父亲将已经生锈的老鼠夹子找了出来。他像当初那样静静地等待着。可猫根本没有靠近过老鼠夹子。

他还找出了老鼠药,将药裹在几块切下的肉里。问题是,他没有能够得逞,我母亲无意中发现了他的举动。

这是以前放的。我是,怕它误吃了老鼠药。我父亲竟然想出了这样拙劣的辩解。后来他更可笑地纠正了自己:房上有两窝麻雀。它们将屋檐都给掏空了,我是想药死它们。

我母亲只冷冷地说了一句。你什么事都做不来,但连一只猫都容不下。

这句话,让我的父母陷入了冷战。

那只猫只要一在院子里出现,我父亲就会立刻从床上跳下来,顺手拿起早就埋伏好的木棒——那只猫不得不再次鼠窜,它逃掉时的样子简直就是灰溜溜的老鼠。

我父亲和这只猫,这只有缺点的猫构成了敌人。

在我父母陷入冷战的那些日子,和我父亲一起下岗的赵叔天天晚上来我家下棋。有一天他喝多了,不来了,可我父亲却在电话里不依不饶。于是,摇摇晃晃的赵叔来了。

一边下棋,我父亲一边像往常一样给赵叔讲国际国内形势,我父亲在那个时候显得像个领导,神采飞扬。

那天赵叔喝多了。他指着我父亲的鼻子:老李,你下不下,还下不下?我父亲推开他的手,继续在报纸上看来的时事。

赵叔突然将棋盘推了。我听够了。我不听了。老李你在车间当小组长的时候我就听够了。我说老李，赵叔用力地拍着棋盘，干点正事吧，干点正事吧。

那天晚上赵叔醉得一塌糊涂。

看得出，我父亲遭受了打击。他有几天蠕虫那样躺在床上，却不再哗哗哗哗地翻报纸。他也不再那么尽力追赶那只猫了。

他变了一个样子，虽然这变化不大。他的样子让我们一家人赔着小心，包括我的母亲。其实也包括赵叔，后来他又来了，我父亲热情地摆上棋盘，沏好茶水。赵叔甚至动用了诱导，可我父亲闭口不谈国际国内形势，只专注地下棋。踩炮。吃车。将。

没有了国际国内形势，没有了感慨和议论，那棋下得没滋没味。甚至可算是一种小小的刑罚，赵叔在那么凉的天汗流不止。

躺了几天，我父亲终于蜕掉了蠕虫的壳，他吃过早餐之后就走出了门去。一直到傍晚才回家。我母亲说，他是找工作去了。她知道。

我母亲说,既然你父亲那么讨厌这只猫,那就送人吧。反正早就没有老鼠了,养着它的确也没用。

我父亲早出晚归。他去了职介所,民政局,菜市场,煤炭公司。他找过去的朋友,看他们有什么能帮上的。这都是从我母亲那里得来的消息,她说,现在找个工作可真难。扫大街的活都有人抢。

我父亲的热情只持续了三周。

他的热情是应当怀疑的,也许这只是假象。

在热情之后,他重新回到了床上,回到了蠕虫的壳里去。翘着腿,哗哗哗哗地翻报纸。我母亲反反复复层出不穷的数落、抱怨又开始了,和以前一模一样。

不同的是,老鼠没有了,猫也没有了。两周之前我家的那只白猫就送走了。送给了我二姨家。她说她家里有老鼠,咬了她的一件衣裳,我母亲便急不可待地对她说,养猫吧,养猫吧。我们家的这只猫就送给你了,它可能拿老鼠了。而且,从来不偷食。非常乖。

某个傍晚,我弟弟从外面回来,从表情上看他带回了一肚子的气。他把生气的脸端给母亲和我,让我们看过了之后,他说,把咱家的猫要回来。

见我母亲没有任何表示,我弟弟跟在她的后面,把咱家的猫要回来!他说得咬牙切齿。

我母亲停下手上的活。看着他。

他说,我们家的猫太受虐待了。他说,我们家的猫成了霄霄的玩具。

霄霄是我二姨家的儿子,只有五岁。

接下来,我弟弟向我们描述了他所看到的场景。他去同学家玩,在路过二姨家的时候过去看了一下。他看见,那只猫的牙被拔了,爪子上的指甲也被剪掉了,而且裹上了布。它的脖子上拴着一条粗粗的绳子,另一头在霄霄的手上。

我弟弟看到,霄霄这个混世魔王,一会儿将绳子抡起来狠狠地摔它,一会儿拖着那只猫将它吊在树上、椅子上,整个院子里都是猫的惨叫。

我弟弟说得还多,渲染得还多。说完之后他盯着我母亲,咱们将它要回来。我弟弟的眼圈都红了。

过了一会儿,我母亲将洗过的碗放回碗橱里,要回来干什么?再说,要回来它就有好么?

我父亲翘着腿，挺着肚子，躺在床上。他哗哗哗哗地翻着报纸。他可能找到了"奋勇前进""战胜困难"这类的词，因为他直起了身子，坐了起来。

叁

短章：心灵与脚趾的旅程

每一位下厨的男人或女人都是超人或者魔法师,
正是厨房里的烟火和味道,
让我们的日子得以活色生香地过下去。

小断章三篇

一只蚂蚁和它被改变的命运

一只趴在马兰花上的蚂蚁，它是在第二日早晨被我看见的，我用我的眼光看它，我感觉那只蚂蚁有些倦怠、绝望、无精打采。我的感觉或许是对的：这只褐色的大蚂蚁是昨日下午随着马兰花的移植而被一起"移植"到我们家院子里来的，它经受了整整一夜的露水，并且经受了整整一夜"无家可归"的折磨。趴在马兰花上的，我想这只蚂蚁只得接受它已经被改变的命运：家没有了，房子没有了，国王和王后没有了，朋友没有了，亲人没有了，"语言"没有了……在这突然被改变的命运中，它还有什么？

　　马兰花是我和李逸君昨日从野外挖来的，原来，在花和叶的中间有层密密麻麻的褐色蚂蚁，我们俩用力地将花抖了很久才将那些蚂蚁抖掉，原以为已经一只不剩了，可是，这一只却还是被带回了家。我想这只蚂蚁肯定是我们不停抖动马兰花的时候它藏起了身子，并紧紧地抓住——它以为紧紧抓住会使它躲过一场灾难，可结果却是恰恰相反：它将自己带入了更大的灾难之中。它和马兰花都是被移植的，并且共同经过了同样的路程，但马兰花是有根的，马兰花可以在我的家里继续它的生长。现在，这只蚂蚁只能将马兰花当作家乡了，就像某些背井离乡的人，带上一把土，草叶和种子。这只趴在马兰花上一直不肯离去的蚂蚁，我认定它有种眺望的姿势，它在望乡。

　　对于这样的一只蚂蚁而言，它的时间不会是我们的时间，这整整的一夜对它来说是另一种概念，相对于它的生命也许应当算是一年、两年，甚至比我所能设想的还要漫长。对于这样的一只蚂蚁而言，它一生都不会走出这么远，我的家，是它永远也设想不到的地方。可是它却来了。对它而言，我们生硬地

/ 小断章三篇 /

改变了它的命运,将它带出了它的生活,可在本质上,我们这"上帝"充当得根本无意。它会不会怨恨我们?它应该怨恨。

那只蚂蚁:现在,只有这株马兰花它还有些熟悉,土地是陌生的,环境是陌生的,院子里的风和露水也是陌生的,院子里的蚂蚁也是陌生的。在我家的院子里,大约还居住着四至五群蚂蚁,可它们都是黑色的,比那只褐色蚂蚁小一半儿还多,褐色蚂蚁根本无法融入它们,即使它有力气能干很多的活儿,即使它的脑袋比其他蚂蚁大很多,可能装下的智慧也多。有几只黑色蚂蚁爬上马兰花,匆匆打量了一下那蚂蚁又匆匆地下去了,它们,也许会把这只褐色蚂蚁当成一种危险,谁知道在这一只的背后,不会出现庞大的一群?在蚂蚁的王国中弱肉强食的现象是普遍存在的,它们有时会投入数十万百万的兵力来攻打对方掠夺双方的蛹,电视上说过,被夺走的蛹的命运是悲惨的,孵化出的蚂蚁将终生成为奴隶。

可这只褐色的蚂蚁只一只。它的背后什么也没有,空空荡荡。它的貌似强大阻退了可能成为敌人的蚂蚁,也可能是,阻断了友谊。即使它伸出和善的触角,那些小蚂蚁们也未必认定它的和善里面没有其他隐含。

毫无疑问,这只褐色蚂蚁是一只工蚁,它是为工作而生

135

的，如果我们不改变它的命运，它的一生应当这样度过：挖土，垒巢，寻找食物，搬运蚁王和蚁后的卵，在战争中和兵蚁一起作战，直到死亡。劳作对于它而言是唯一的生活方式，它没有爱情也没有性，不会有时间思考，不会在数百万只工蚁中呈现出来，蚂蚁的出生向来有强烈的宿命感，成为工蚁它就丧失了成为蚁王蚁后和兵蚁的可能。那么，我们对它命运的改变是不是一种解救？我们帮它摆脱了蚁王和蚁后的"剥削"，摆脱了兵蚁的监督，摆脱了一些繁重但对它而言毫无用处的劳动，使它有了理由为自己生活。此后，它所有的劳动都是针对自己的需要的，它可缓慢，可以静静地晒会儿太阳，就像现在。

它静静地趴在马兰花上，倦意，无精打采。

即使我不是它，我也能知道它仇恨我对它命运的改变，原本在忙碌的工蚁生活中它只要忙碌就是了，它只要跟随众多工蚁的命运前行就是了，可现在，它不得不停下来思考眼前的处境，可现在，它已丧失了工作的热情，只剩下等待。它的等待有种故意自虐的性质，就像，有些被关在笼子里不吃不喝的鸟儿。

我和李逸君无意充当了一次它的上帝。尽管后来我发现我改变了它的命运，我也清楚地意识到这种改变对它而言应当意味着灾难，尽管我的心中有着悲悯，但我不会再修正什么了，我不会再将这只蚂蚁带回它的命运之中。让它诅咒我吧，它的诅咒对于"上帝"而言能算什么？或许，它根本没有诅咒，也没有对我产生什么"敬畏"，它只把一切都看成命运，在它的世界中没有不是命运的事件，来了，就来吧，它认了。

傍晚我去给马兰花浇水时突然想到了那只蚂蚁，它已经不在那儿了，它消失得无影无踪，仿佛根本不曾存在过似的。对于巨大的傍晚而言，一只蚂蚁的消失能算什么，即使在这只蚂蚁的"王国"中，在蚁王、蚁后、工蚁和兵蚁中，是不是有谁会记起，在数百万只蚂蚁中一只蚂蚁的消失？

在这篇短文之后，它的上帝也会忘记它。

鱼的快乐

一条鱼快乐的条件是：洁净的水，阳光，可做食物的水草和浮游生物。其实这是很简单的条件，甚至都算不上条件，这些对鱼来说就像我们人类需要空气，这种需要是可以忽略的，

在记忆、行走和思考之间

恐怕当别人问起我们需要什么的时候你所能想到的绝不会是空气——就是这些简单就足以支撑一条鱼的快乐。

就是这些,对于鱼来说还可以减少,譬如水可以浑浊些,只要不到有毒的有害的程度,譬如将它放在鱼缸中,一个粗枝大叶的人总是忘了给它投放食物,并且想不起将鱼缸放在窗口可以照见阳光的地方——一条鱼,它还会甩着它的尾巴,还会吐出小小的气泡,还会在那么狭小的地方游来游去……我认定那时的鱼还会有快乐可言,尽管我不是鱼,尽管我对快乐的认识与鱼的认识可能有着巨大的不同。

如果继续着取消,那就连水也给它取消吧,但必须塞给它另一条可以相濡以沫的鱼。这时的鱼有没有快乐可言呢?我不太确定。但以人类而言,有位在奥斯威辛活下来的作家说过,在奥斯威辛也有快乐。有时,电视上会掠过因某场战争而沦为难民的那些人的镜头,在颠沛流离和贫苦交迫的人群中,还有人在和孩子踢着不是足球的球,或者击打自己的身体模仿快乐的鼓点。快乐是一种需要,即使在绝境之中,鱼的想法在这时也许会和我和人类一致。

一条在阳光的曝晒下吐着泡泡给另一条鱼以温暖和湿润的鱼,它的快乐是一种什么样子呢?

好了，不再为难可爱的鱼类了，一层层的取消实在有些残忍，作为补偿，我设想鱼在最基本的条件满足之后，它还会想到什么来补充和丰富它的快乐？

它会要一个宽阔的池塘，鱼缸中的生活简直是一种囚禁，鱼缸的种种局限妨碍了它的快乐包括它对快乐的表达。它会要一群同类的鱼，不必太多，至少可以踢一场足球周围还要有些观众，它受够了寂寞，寂寞已逐渐使它成为哑巴，它要说话。一群在水中游泳的鱼，在这个群体中悲伤是被取消的队伍，重新回到孤单之中。孤单太可怕了。它会要一些丰厚的水草做房子，水草有密度，以使其他凶猛的鱼或动物无法发现它，同时水草还不会将它缠住。如果水草足够建筑一座宫殿，它会邀请另外一些鱼一起来的，它是主人，某种意义上它也就像一个鱼类的国王，我想，在有了成为国王的可能之后这条鱼就会和其他鱼谈到秩序，秩序的维护，义务和权利，它开始谋划建立一支军队，建立自己的卫队和仆从……如果，我的想法能转化为鱼的语言，它们听到之后会是一种什么样的表情？

它会不会庆幸，幸亏我是一条鱼。

如果我是鱼，我能够适应它们的快乐么？现在有很多时候我对孩子们的快乐都不能适应了。

活着，健康地活着，能自在地游泳，对鱼来说是快乐的。活着，健康地活着，能够在国家内到处走走，我却很少找到快乐的感觉。

当然，活着，健康地活着，能够自在地游泳，也不是所有的鱼都会为此感到快乐，譬如一心想跳什么龙门的鲤鱼，譬如那条爱上了王子的美人鱼。那条美人鱼，它放弃了属于自己的水下生活，它放弃声音成为哑巴，放弃鱼尾换来两条每时每刻都包含着刺痛的腿，它充当了爱和伤心的女仆……在王子爱上别人她在王子眼中只是个哑巴女仆的忧伤中，美人鱼化成了水中的飞沫。成为飞沫的那一刻，一种得到解脱的快乐来了，可它却是那么短暂。

美人鱼的快乐紧紧地裹在了它的爱和爱的痛苦中。以至于，它也带有了痛苦的颜色。

树上

树上是叶子的领地，是鸟的领地，是风声和蛇的领地，是蚂蚁的领地，是一些知名的和不知名的虫子的领地，它们愿意在叶片的下面或树干的里面隐藏,它们与地面的距离有多远,似乎就意味着和危险的距离多远。相对于某些虫子来说,地面简直是"危险"的代名词,鸡和鸭子和其他的动物在地上等待它们,它们落到地面上也就近乎是落入了口中。作为人,我感觉不到这样的危险。

同时我相信,相对于某些虫子,"树上"就是一片巨大的海洋,同时也具有船和岛屿的性质,"树上"是它生活空间的全部,它的生老病死全部在树上得以完成,甚至,一片树叶就足够耗尽它的半生——那么在树上,对鸟来说意味着什么?是一栋房子?两栋房子?或者,是一个公园,它有情侣的长椅,有足够的阴凉和安静,可以放置许多并不太需要隐瞒的秘密;或者,是一个餐馆,树上有鸟所需要的食物,尽管所有的食物都在努力逃过鸟的眼睛……鸟携带着它自身的翅膀,它可以高过树木也可以低于它。我常想,树在鸟的眼里肯定和在我的眼里有着相当的不同,树对于鸟来说,一直带有某种的温情、亲情,就像大地对于生活其上的人类。

或者恰恰相反:久而久之的生活,平淡的生活使之产生厌倦、厌恶,产生逃离的幻想。或许,鸟儿希望自己能够生活在水中,而许多人都曾有过飞翔的愿望。如果不能真正地飞翔,那么，生活在树上可能也挺好。

一个人，能不能像鸟那样在树上生活，能不能让温情含情脉脉地穿过他的眼睛来看那些树，让那些树依靠自身发光？"橄榄树，由于长得弯弯曲曲的，对于柯希莫来说是平坦而舒适的大道，是坚韧而友好的树，虽然这种树的枝干长不粗大，踩在那粗糙的树皮上，无论是走还是停留，却不会有大的颤动。在一棵无花果树上的情形就不同了……无花果树要把你变成它的，用它的树胶汁液浸透你，用大胡蜂的嗡嗡叫声包含你，柯希莫很快就觉得自己正在变成无花果树……"写这篇小文多数是因为对于这段文字的偏爱，它在三次的重复阅读中都让我激动不已。在卡尔维诺的小说《树上的男爵》中，柯希莫男爵代替卡尔维诺和我们这些人生活在树上，他经历着一个在树上生活的人所经历的全部，也经历着一个在地上生活的人经历的全部。柯希莫男爵和树之间建立了亲情，和自然建立了亲情，而更多的是，他和人类建立了亲情。

一个人在树上：他思索着大地上的事，并且，与大地之间的距离，使他得以俯视大地上的发生，使他摆脱了一些琐碎和具体。那么一只生活在树上的鸟，它思索的是树上的事还是天上的事？那么一条爬到树上的蛇，它很快就会退回到地上，退回到草丛以至幽深的洞穴中，在树上的时候它会不会换另一种方式来思想？还是，它们根本把一切都看成是自然，无论是在树上还是在地上，它发生就是了，没有思考的生活照样可以生活。

树上，首先是叶子的领地，对它而言，任何鸟、虫子和人都属于入侵者，可是，多数树叶的叶片上是没有刺的。它想的是什么？

一只鸟，它在黄昏里落在了树上，它成为叶子中的一片，但比所有的叶子都温暖、生动。它想的又是什么？

……

松山湖杂记

松山湖。一个诗意的、具有些古典性的名字，一个颇让人产生些联想的名字，当然它也是一个与我们已经习惯了的、被诸多媒体所构建出来的"东莞想象"很有不同的名字——它在东莞的哪儿？是否已经完全地城市化只剩下了一个空有虚壳的名字？它，给予东莞更多还是东莞给予它更多？它，是否能与我们习惯的、具有现代性和"喧嚣感"的东莞相融？

它是我在出发前的"自我发问"。我承认我是那种总是怀有"十万个为什么"、总是有一脑子胡思乱想的人，它们往往相互纠缠，理不出真正的头绪……但我不能不想，不能克制出现在自己头脑里的怪想法。尽管，在电话里我的朋友陈崇正已经反复地向我描述着"松山湖"和它值得赞扬的美，但那些念头还是挥之不去。

飞机先至深圳，然后是我在深圳的停留。需要承认，我几次到东莞和深圳，但多是走马观花，匆忙而忽略，而这一次前往则多了安静和停留。深圳的都市感很强烈，但又不仅仅是钢筋水泥的那种，而是处处能见精致、高端和适宜，处处有着活力和欣欣向荣的感觉，它让人心动甚至让人产生一种莫名的"呵护感"。就个人而言，我从不排拒"城市感"和它高耸的"现代性"，不希望自己只站在某个一端而排拒另一端——现代性是我所喜的，而古典性的、具有诗意想象的珍贵也是我所喜的。它们不是一个排除另一个、一个必须战胜另一个的简单问题，绝对不是。不过就个人而言，就城市和人类的发展而言，我可能会略略地更倾向于现代性，更有活力和前行的那一端——我不太准备修正自己的这一想法。

之所以在这篇重点言说松山湖的文字中提及深圳和城市，

是因为深圳的停留给我的感觉实在强烈,甚至暗生心疼——我希望它和东莞永远是有活力和发展的"那一个",希望它们无论在外观上还是内在上都是欣欣向荣地趋向文明和更文明的"那一个",希望它们能和上海那样成为标尺和动力源。也正因如此,我对东莞"松山湖"的想象变得更为犹疑……它是不是在刻意保留自然和诗意的同时也排斥了现代性?如果真的是那样,它可能并不值得过度赞美,因为对身在当地的居民是不那么公平的。我承认,我在想这些的时候不经意忽略了陈崇正诸多介绍中的某些部分,譬如他向我提到的散裂中子源,中国科学院高能物理研究所的坐落,忽略了他向我提及的华为欧洲小镇……这个忽略是不是记忆自我筛选的结果?我不知道,但当时,它的确是被不经意地忽略了。是故,当我走进松山湖,当我带着疑问、想象和纠葛以及诸多胡思乱想走进松山湖——

事实上,我们在松山湖的停留很短,因为疫情风险的缘故不得不有些匆忙。走马观花,我们乘坐的是浏览观光车,它是另一种更现代些的马,很可能它也比旧时的马更快、更有匆忙感。即便是那种匆忙,它也给我和我们诸多的赞叹,我甚至不止一次地向同行的朋友们袒露自己的"呵护"之心:这么美的地方,这么让人心旷并有神怡的地方,千万别被某些污染性发展给毁了。在某种程度上,一切美的好的都是易碎品,都具有某种易碎的性质,对它的呵护与维护才是"发展"的本质要义——不是吗?是不是这个理?

湖光潋滟,水色明媚,而湖中又有诸多小岛,或有桥通,或有船入……花树杂生,绿意葱茸,尽管已经是冬日,然而它依然有北方春日般的清脆生机。间有鱼鸭游戏,加上些许花叶的散零,自是有一种难知身在何处的安然和怡然。我们坐在观光车上,尽管不似步行那样闲漫,但那种精心和阔大同时在着的美还是能有领略。它步步景致,移步即换景,而这更换之中都包含了另一层美的存在,属于大景观中的小景观……说实话我不太想把我的这篇文字变成一个纯粹的游记,当然不是面对美景时的无话可说,而是觉得我可能还有另外的话想说,要说。其他同游的作家朋友可能比我写得更好,而我,则希望能借此将脑子里的那些纠缠着的想法更多地说出来。

松山湖之美,宛若珍珠。它是田园更是家园,在这里我们可以获得多一分的安然和神怡,它的美,是应当得到呵护和更多呵护的,但同时习惯上的在媒体中频频出现的有活力、创新和现代性的东莞也应当得到呵护——我个人,希望东莞有双重的保留,双重的呵护,它,它们,得以并行不悖地保留下来。

人类的发展目的和本意是让人过上方便、快捷、舒适、诗意和安妥的生活，强化城市的现代性、不断地提升日常生活水平是其保障之一，而留有一处安详静谧，留有一处可入画、可入心的"山水"，则又是另一保障。我不觉得在二者之间只能做一道不可兼得的选择题，它本应有第三条路。就现在而言，我觉得东莞做得不错。仅以这个松山湖而言，它的周边有中国科学院高能物理研究所，有华为的欧洲小镇，还有……一系列高新科技研发中心和高科技产品的生产厂区，它们在我眼里不仅仅代表科技产品和经济价值，也不仅仅代表可为当地经济发展和人民富裕提供可观的税收，我更为看重的，是它能给人们（包括当地的民众）带来的新观念和新思潮，看世界和生活的新眼光。这种影响是潜在的，却是深远的，可以裨益后世的。而自然之美，自然生态的保护呵护，不仅仅是为当地居民保留了休闲去处，成为上佳的旅游景点，更为重要的是它能始终滋养我们的爱美之心，始终让我们有一种与自然与生命的亲近，使我们的心有一种可贵的柔软……别轻视这份柔软，它是文明得以留存的内在庇护所，是文明得以萌芽直至茁壮的基础条件。之前，在我四十五岁之前，我也倾向某种文明软弱论和文学无用论，而近年来，我对自己的旧观点一次次修正，我渐渐理解和领略到文明的内在坚韧和文学的大用。

因为疫情的原因，我们未能进入华为的欧洲小镇，只在墙外驻足，看了许久——我可能是下车后走得最远的一个，看得最为认真仔细的一个。透过围墙，我审视那些欧式建筑，不仅是看它的外观，更希望能看清它的做工和用料，是否更欧洲化一些，是否更坚固和更有内涵……它是新的，新建筑。但建得扎实、坚固，与我在维也纳、法兰克福等地的所见显得相似，而且似乎更高大，更新潮。我关注它并非出自旅游者的猎奇，而是出自隐隐的希望：希望我们对于欧洲和其他文明的学习吸纳都不只止于表面功夫，而是学到它的精髓，学到内里，科技如此，建筑如此，文学文化也如此。在这里我还愿意"重审"我的一个陈旧观点，就是一个人、一种文明尽可能吸纳他者的好，一个人尽可以不断地吃下羊肉、牛肉和鱼肉，请放心，你吃下再多的羊肉也变不成羊，吃下再多的牛肉也长不成牛，你没这样的功能，这个"超能力"只有神话中的神仙才会具备。作为民族企业，作为中国能在国际上具有领先水准的一家企业，华为能有这样的博大胸怀和兼容能力，是我所看重和敬重的。我也希望，它的这一"有意"能够传递给有着强劲活力的东莞，这样，中国改革开放的活力和生机才会更为根繁叶茂。

本来，在完成对松山湖的游览之后我们还有一个小小的座谈，谈论最近热起来的文学议题"新南方写作"。然而同样是因为疫情的原因不得不"中止"。说实话，在"新南方写作"这个概念提出之前我真的并未意识到有这个"新南方"，我在心理习惯上把岭南和江南都统一地看成是南方，而这个南方是以江南风物为核心标志的，文学上也是如此……"新南方"的提出让我恍然意识到在南方之南还有一个南方，一片更为广袤的土地，它其实是被忽略的。我个人也极为敬重和看好地处"新南方"的那些作家们，可多数时候，会将他们划为江南的南方……这个"新南方"，与我所理解的江南其实有着大不同，只是我一直没有更好地、更深地意识到，就像我之前也多次来过东莞、深圳和广州，却没有更好地、更深地意识到它的独特"意味"，更不知道在东莞还有"松山湖"这样一处所在。我觉得，松山湖的在赋予了东莞更多的灵性，更多的自然沉淀，更多的人文亲近，同时，它也赋予了东莞新颖、兼容和活力，以及一种蓬勃感……去东莞，应当去一次松山湖，很可能去了一次之后你还想再去一次或多次。我，就是。

关于，厨房

想一想，从事写作二十余年，"厨房"这个词还是第一次在我的写作中出现，不知道是出于怎样的原因我一直忽略着它。想一想，我也很少在我的写作中提及过于平常的日常生活，它在我的视线之外，我更愿意谈形而上，思辨的光，或者想象之物。而厨房，则多少与之相反，它是日常，形而下，烟火气，具体的柴米油盐……总之，它缺少幻想，也缺少幻美。不是什么"君子远庖厨",它只有关于个人的趣味,关注,于是"厨房"变成了我个人无意却坚固的拒绝,竟然在近 500 万字的创作中从未提及。这是需要补上的一课,我承认,那,现在就开始吧。

厨房,在我看来也是最有日常感和烟火气的地方,不对,它本身就是"烟火气",所谓的人间烟火和厨房的关联极为密切,就是由它而产生的。在厨房里,有生活中最直接的酸甜苦辣——它们都以具体的、实物的样貌出现,让人从直观上就能看得出:它是酸的,它是辣的,它是甜的。当然它们还可以混合变出复杂的滋味来,让过着日子的人能够咽得下去并且感觉到愉悦:从这点来看,每一位下厨的男人或女人都是超人或者魔法师,正是厨房里的烟火和味道,让我们的日子得以活色生香地过下去。

现在,我坐在厨房外面,身上还带有洋葱和油烟的味道:这可不算什么标榜,肥胖的人都好吃,有时做些怎样的菜肴完全是出于好吃的本能和责任。不过,我承认多数时候我们家的厨房、超人油烟机、双立人刀具、LG 冰箱、超人炉灶和锅、碗、瓢、盆都统统归我的妻子所有,她拥有完整的、不具争议的使用权,一日三餐由她独立自主或变幻多端地完成……这里

/ 关于，厨房 /

的说法有明显拍妻子马屁以逃避劳动的嫌疑，我承认，这么明显当然太容易被看穿啦！不过我的妻子还是会高兴一点儿，反正，厨房和驾驶座属于她的领地，在下厨的时候和开车的时候她才会化身为"超人"，沉稳自信，游刃有余。

写写厨房：我要写案板还是刀具，要写菜肴的做法，过去的记忆，还是对美食的回味……都不是，不，我不准备把自己打扮成乐道这些的厨娘，在关于厨房的文字里，我准备避重就轻，耍一耍花枪：我要谈的，是文学和艺术中的"厨房"。

看过一部旧电影，《饮食男女》，那里有我至今所见到的最丰富、最"华贵"的私人厨房，那里的老厨师、父亲，做着精致而丰富的菜肴，等待孩子们的到来，我发现他在放盐时还多放了些什么：也许，那种调料应该叫作苍凉。我发现，有许多女作家乐道于厨房，乐道于美食，譬如徐坤曾有篇非常有名的小说就叫《厨房》。而铁凝，在她的《大浴女》中有一段可看作溢出的章节，就像玛格丽特·杜拉斯在《情人》"费尔南德斯"一节的溢出——她写下几种菜品的做法，写得津津有味，活色生香。王安忆，在一则访谈中谈到她对写作的看法，她认为，如果一个人的书写中没有"经济"和日常开支，没有厨房和烟火，那么这个作品是苍白的，不可信的——我不是太认同她的这一看法,好的写作未必要紧贴地面,可不可信也不是对小说的最佳要求,"好的小说都是好神话"(纳博科夫《小说讲稿》),但她的说法也的确是对时下那种"流行写作"贴切、有力的反驳。当然,某些男作家写起厨房、写起菜肴来也不比女作家逊色,像老人家汪曾祺,写那些家常菜蔬、家常菜肴真可让你垂涎三尺、口齿生香,然而我在北京按图索骥,满怀希望地吃到了那些家常小吃,却是大大的失望。也许,我得培养自己的口味;也许,我没吃到精心而正宗的也不一定。

君特·格拉斯有一部长达四十八万字的巨著,其中的主要情节均发生在"厨房"——是的,《比目鱼》,"我(这在任何时候都是我)",经历了但泽四千年历史的男人,在妻子伊瑟贝尔怀孕九个月的时光里,向阅读者讲述蜷伏在"我"体内的九个厨娘,她们分别生活于人类的各个历史时代:新石器时代,铁器时代,中世纪早期、中期和晚期,巴洛克时代,专制主义时期、资产阶级革命时期,第三帝国时代至今……当然,这是一部展示历史和历史认识的大书,这是一部充满了寓言、荒诞、奇异、思想和智慧的大书,然而伟大的君特·格拉斯将它全然地控制在"厨房"里,充满着烧鳕鱼、鹅肝汤、羊脖、兰芹菜籽、奶油菠菜加鲜鸡蛋和土豆的气味。胖厨娘格蕾特的烧制让

/ 关于，厨房 /

人忍俊，而厨娘索菲·罗佐尔的《无产阶级食谱》则在荒诞背后透露着丰厚的内涵……这部关于厨房和厨娘的书充分展示着君特·格拉斯的才气和能力，老子说"治大国如烹小鲜"，可以说这部书算是深得其妙。最让我入迷的是格拉斯为这本书写下的诗：

减刑判处到扁豆里。

在扁豆里淹死。

在我装着扁豆的枕头上。

希望像扁豆那么大小。

而预言家们总希望

美妙的扁豆增长。

当他第三天复活的时候，

他对扁豆的要求强烈。

吃早餐时就要

熬得浓浓的，勺子都能立起来。

（《以扫如是说》）

在记忆、行走和思考之间

空空如也的面粉橱里

总是不断传出安慰的话,

雪花飘飞宛如证明。

复活节宣布挨饿一周,

斋戒是一种乐趣,

只是啃着扁甜饼,

可整整一冬天直至三月

我这地方一片寂静没有吃的,

而别处有人狡猾地装满仓库,

市场饱和。

对付饥饿已经写了很多。

他干得那么好。

他的思想是多么光明磊落。

生活优裕是多么愚蠢。

总是有教堂看门人

在上帝(或其他人)面前

表现自己的乐善好施……

(《忍饥挨饿》)

/ 关于，厨房 /

不胜枚举，真的是不胜枚举。仅就《比目鱼》中这些随意自然而又意味深远的诗歌，就足以让格拉斯位列一流诗人的行列。他的这些诗，贴着故事的情节，贴着厨房里的事物，当然，更贴着历史和思考，以及幽默的反讽……这是另一种的活色生香。就如同味道鲜美的汤。从某种角度上来说，君特·格拉斯的小说如同一面镜子清晰地照见了我的部分不足。

厨房，关于厨房，写下这个词的最初我就想起了颜文梁先生的一幅同名粉画，在我看来，它和这个词有着那么紧密的相连，如同生长在一根藤上。这幅粉画，我最早见到是在铁凝《遥远的完美》中，见到的还有铁凝对它精到的描述："笼罩厨房的暖色灰色调和画家无所不在的精细刻画使这间厨房弥漫着一种介于华贵和朴素之间的安稳，惬意。它无疑是世俗的：画面左边推开的窗扇让光漫了进来，一定不是艳阳，有点假阴天的意思，反而使厨房有种别样的宁静。画面左上方悬着板鸭、蹄髈和大蒜勾引着你的嗅觉和食欲——有点香吧，也有点不讨厌的霉潮气。它们下方那只水缸，缸沿泛起暗黄色高光，半圆形灶台上两只燃亮的红烛，以及正前方小炉子上那映在墙上的橘红色火光——炉上的砂锅里正在煲汤吧，这三组物质形成一个稳定的三角形，带给厨房以殷实的温暖，又与画面的大框架作着呼应，洋溢起宁静中的活力……"颜文梁画下的厨房，与我北方生活的乡村记忆并无多大相似（对于家、厨房，我多的是贫寒、简陋的记忆，它主要由发霉的柴草、灶灰的气息和稀粥的气味组成），却有种特殊的唤醒，仿佛它就处在我的记忆里，仿佛我曾的的确确身处其中，只是如今人是，物非。我在最初面对这幅画的时候曾有种百感交集，它形成了小小的涡流，似乎让我下沉，下沉，一直沉到……打动我的，也许是"这儿有一种不喧哗、不夸张的日子里从容精细的条理，也有真正雅致的古典情怀"（铁凝《遥远的完美》）。那一刻，我大概是把这份情怀认作了记忆和故乡。

茅台琐记

独特的地理位置，赤水河的恩赐，本地才有的那种高粱以及这片土地特有的菌群？被称为"国酒"的那个太过强悍而霸气的指认？饮酒者的口口相传，抑或在某个特别时期精准而有效的营销定位？是对古法的坚持，还是不断的、不断的创新……

有，都有。但可能也不能说就是。如果我没有记错，在

20世纪的80年代，茅台还只是全国十大名酒（或八大名酒）的其中之一，它和其他名酒并没有拉开多大的距离，甚至各地还各有侧重；之后各家酒厂的营销和诸多更变我多少也小有耳闻，茅台也并未获得怎样的"骤增优势"，它花在营销和宣传上的时间、精力和金钱也不比其他酒厂更多，然而在近二十年的时间里，它变成了唯一，变成了标志，变成了即使再怎么隐藏也隐藏不住的"影响力"……何以如此？为什么会这样？它，应有一个清晰的道理可讲吧？

作家余华说过一句著名的、关于茅台酒的评价。他说，中国的酒只有两种，一种是茅台，一种是其他酒——他的这句话中当然包含某种"片面"，然而我们也不能不承认它的深刻性：因为他说出了许多人的一种共有感觉。似乎，茅台已并非只是白酒那么简单，它有令人惊讶的负载和独特的向度。何以如此？

无论从哪个角度，它都值得思忖。

酒和文学是一种特别亲近的共生关系，不止一个人谈及过这一点，他们甚至说，如果没有酒，大半个盛唐的文学都会因此失色——不，说得小了少了，其实是整个中国文学都会失色，我们会损失掉太多太多的名篇……仔细一想，的确如此，是这样，还真是这样。在我们的文学史中，与酒有关的名篇实在是太多了，以至于我们一打开文学史，就能嗅到从中溢出的经久不散的酒香。

酒会给予我们宽阔，包括内心的自由感，包括那种"世事再也无挂于心"的豁达——"人生得意须尽欢，莫使金樽空对月"（李白《将进酒》），"处世若大梦，胡为劳其生。所以终日醉，颓然卧前楹"（李白《春日醉起言志》），"一生大笑能几回，斗酒相逢须醉倒"（岑参《凉州馆中与诸判官夜集》），"酒醒只在花前坐，酒醉还须花下眠。半醒半醉日复日，花落花开年复年"（唐寅《桃花庵歌》）；酒能给我们欢愉，让我们在短暂的欢愉中得以栖身，并且放大这种欢愉感——"白日放歌须纵酒，青春作伴好还乡"（杜甫《闻官军收河南河北》），"酌酒会临泉水，抱琴好倚长松"（王维《田园乐七首·其七》），"浮生长恨欢娱少，肯将千金轻一笑。为君持酒劝斜阳，且向花间留晚照"（宋祁《玉楼春·春景》）；酒会让我们"物我两忘"，生出更强的"此生何生""我是谁、我到底身在何处"的自问——"对酒当歌，人生几何，譬如朝露，去日苦多"（曹操《短歌行》），"且乐生前一杯酒，何须身后千载名"（李白《行路难》），"一杯酒，问何似，身后名？"（辛弃疾《水调歌头·壬子三山被召陈端仁给事饮饯席上作》),"把酒祝东风,且共从容……聚散苦匆匆,此恨无穷"(欧阳修《浪淘沙》);酒会让我们认识自己的孤独,面对自己的孤独,部分地欣赏或抑制自己的孤独——"花间一壶酒,独酌无相亲,举杯邀明月,对影成三人"(李白《月下独酌》),"若对黄花孤负酒,怕黄花、也笑人岑寂"(刘克庄《贺新郎·九日》),"春江花朝秋月夜,往往取酒还独倾"(白居易《琵琶行》);酒还会让生命生动,真实,表现得更为率真——"知章骑马似乘船,眼花落井水底眠。汝阳三斗始朝天,道逢曲车口流涎,恨不移封向酒泉……"(杜甫《饮中八仙歌》),"昨夜松边醉倒,问松我醉何如。只疑松动要来扶,以手推松曰去"(辛弃疾《西江月·遣兴》),"小令尊前见玉箫。银灯一曲太妖娆。歌中醉倒谁能恨,唱罢归来酒未消。"(晏几道《鹧鸪天》),"春酒香熟鲈鱼美,谁同醉?缆却扁舟篷底睡"(李珣《南乡子·云带雨》),"今年摧颓最堪笑,华发苍颜羞自照。谁知得酒尚能狂,脱帽向人时大叫"(陆游《三月十七日夜醉中作》)……

　　酒给予我们的,几乎就是诗能给予我们的,几乎就是生活能给予我们的,如果一直引用和分类言说,它很可能等于是把"半部"中国文学史重抄一遍,几乎可以无限地抄录下去,且不说世界文学中的同样庞大的"脍炙人口"。酒中有我们的人生，即使对我这样不善饮酒的人来说，也是如此。

酒中有我们的人生，有我们对于生活的种种感悟、体味，现实和追忆，有我们的人生思考，有我们才能难抒的悲凉和悲怆，有我们……没有任何一种情绪不能在酒中获得表达，正如没有任何一种情绪不能在诗中（文学中）获得表达一样。"借酒……"酒是可贵的、可爱的抑或"可憎"的载体，它总是让人——

在尼采著名的《悲剧的诞生》一文中，他谈到文学（在这里，"悲剧"其实是一个有着误译性质、不得不勉强对应性使用的一个词）产生于两个有些相悖的向度，一种是以太阳神阿波罗为代指的，象征着光明、庙堂、崇高和希望之梦，包含着尊严感和庄重性；另一种则是以酒神狄奥尼索斯（巴库斯）为代指的，象征着自然、原始和冲动的陶醉，"在醉的战栗中，整个自然的艺术强力得到了彰显"……尼采说，如果我们不仅达到了逻辑的洞见，而且也达到了直接可靠的直观，认识到艺术的进展是与阿波罗和狄奥尼索斯之二元性联系在一起的，恰如世代繁衍取决于持续地斗争着的、只会周期性地出现和解的两性关系，那么我们就在美学科学上多有创获了。是的，在尼采的思考和体认中,"酒神"是文学性产生和得以彰显的支点之一,"酒神情绪"从某种意义上来讲也酿造了文学,一半儿的文学。

尼采的这一说法深刻地影响着我和我们,影响着整个世界的"后世作家"包括我们这些中国作家。然而,在茅台,在2022年6月我们参与茅台酒厂年度第二个文化大典——"以麦相承·爱国敬业"端午大典的过程中,我忽然意识到,在中国的酒文化中"酒"其实并不只具有狄奥尼索斯代指的"酒神情绪"一种指向,它其实是种独特的"兼有",它兼有阿波罗的庄严、神圣和庙堂气,同时兼有狄奥尼索斯的自由、奔放和释放的陶醉感。这一点,在茅台的身上体现得更为淋漓,更为统一。

在中国,酒的最初的、最重要的用途原本是用来祭祀,而非人的饮用,大概我们的祖先早早地将酒看作是珍惜的、只有先人和上苍才配饮用的稀有之物,只应用以祈祷与祝福——在这点上,它早早地就和庙堂、神圣联系在一起了。在中国,我们的文学和生活中的一切都有一种潜在的"道德约范性",我们愿意将我们所有的所见、所为都泛道德化,将一切一切都看作是"天道"在人世间的折射和投影:酒,自然也是如此,也具有这样的部分含义——至现在,我们略显规范甚至繁琐的敬酒方式中依然包含着这样的内容,它不仅仅是对陶醉的召唤。

至于狄奥尼索斯的那一面，我想不用我再做任何解释，我们在中国的古典诗词中可以清晰"窥见"它的存在，要知道，这是严格的甚至有些呆板的"道德约范性"束缚下的国人少有的"精神出口"，它也就变得异常可贵。

人生得意与不得意，都须纵酒。此时的孤独和喧哗，欢乐与哀愁，也都应付于酒中。

在点点和兔子之间

我们有意拿它取乐,那是我们的故意。在玻璃之后,在窗子之后,我们把自己的兴奋压下来,不动声色,专心盯着院子里的它和一蹦一跳的兔子——是的,那是我们的故意,这只白色的兔子充当着我们取乐的诱饵,兔子还小。

它是一只狗。白色的、矮小的狗,嘴有些短。我们叫它点点。这已经是旧岁月里的事了。

我们盯着它，怀有小小的恶。我们把这份恶当成是一个玩笑。

应当说，它是一只聪明的狗。所以它也拿出一份耐心和故意，很虚伪的样子，装作对面前的兔子视而不见。它对兔子似乎缺少兴趣，它将自己打扮得木讷，甚至善良。我和妻子、儿子，有较它更多的耐心。

终于，它忍不住了。它飞快地跳到小兔子的身侧，用前腿将它扑倒，然后又飞快地放开——这只聪明的狗，再次装出一副若无其事的样子，朝着屋子的方向张望，朝着我们的方向张望——我们并无反应。我们知道它会有这样的伎俩，已经不是一次了，我们已经能做到知己知彼。

没有遭到制止，没有谁对它的动作有所反应，它猜测我们可能正专注于其他，根本没有注意院子里的发生……于是，它的狰狞来了，它的恶狠狠来了，它，作为一只狗的本性或天性来了，点点猛然跃起，发出低沉的吼叫，突然地将小心脏的兔子压在身下——妻子马上大喊，"点点，点点！"然后敲响玻璃。

我说过，它是一只聪明的狗。同时，它也是一只怯懦的狗，在我们面前。于是，它不得不一点点收回自己的狰狞、恶狠狠,收起自己毕露的爪尖,之后还得再装出一丝丝不情愿的温柔,用舌头梳理一下兔子受惊的毛,然后夹着尾巴,缩到一个角落里去。它的可怜巴巴赢得了我们的欢笑。

那是旧岁月里的事了,当时,我们居住在县城,有三间平房和一个自己的院子。那是旧岁月里的事了,现在,兔子和我们的点点都已不在这个世上,但愿它们能进属于动物的天堂,不用和人生活在一起。阿门。

在旧岁月里,我将两只兔子和一只狗养在了一起,让它们在同一屋檐下,我很想给它们制定一部公平生活、和平相处的宪法,并自己充当着警察。一只兔子很快就死掉了,妻子说它吃进了塑料,但更真实的原因可能是因为点点,它太善于审时度势,太善于阳奉阴违——为此,我对点点进行了训斥,可能还打了它。于是,于是点点收起自己的天性,它甚至对院子里的小兔子都有些害怕,在我们在的时候。

吃饭的时候,我们在院子里放上小饭桌,它较矮,兔子和点点支起身子完全可以够得到上面的食物,所以在我们端盘拿碗忙碌的时候就告诉点点看着兔子别让它上桌子——点点能够做到,它做得很用心。可我们一起坐下来吃饭时情况就不一样了。小兔子远不如点点听话,我们在,它更有些有恃无恐。于

/ 在点点和兔子之间 /

是,它总是抬着前腿,将毛茸茸的爪子搭在桌子上,将可爱可怜的鼻子和嘴向我们的饭碗凑近。它那么小,那么楚楚,那么无辜,你怎么忍心将它赶下去?我妻子和儿子便将一些蔬菜或者小块的馒头放在桌边,看着兔子探头,伸长脖子,将它们够到自己的嘴边。这是我们平淡生活里的乐趣,就像一种细细的光。

在那个时刻,我们多少忽略了小狗,我们的点点。它是不敢上桌上去吃东西的,它曾因此挨过打,虽然打得很轻,虽然只有一次,但点点记住了,并把这点当成自己的纪律。这只狗需要记住并遵守的纪律很多,譬如不能随地便溺,譬如不能踩脏东西,譬如不能……可我们纵容这只兔子违反了纪律,我们的纵容里竟然还……点点努力地凑近我,用它的脸蹭我的腿,后来我才知道,它需要同盟,它感到了严重的不公。当时我没理它,我盯着兔子的表情,它侧着头去够我们放在桌边的食物的时候显得异常,特别是那双小水晶样的眼睛。

点点再次蹭我的腿。然后,突然向我叫了两声。当我低头看它的时候它马上露出一副可怜样,缩小着身子,眼睛里透出复杂的神情。它见我看它,马上把头转向兔子的方向,然后再转过头来看我……"点点嫉妒了,"我说,"你们看它。"我们对

169

点点的注意也让它多少有了些得意,它的尾巴摇起来了,它走近了小兔子,让小兔子不得不跳到另一个远处。但那只小兔子真的还小,它不能领会点点的复杂,何况我们都在,它可以挥霍我们对它的纵容。于是,兔子又跳到了桌前,甚至这次,它都想直接跳到饭桌上去,根本不顾及纪律和限度……兔子的举动让我们一阵欢笑,真的,我们没有理由去制止它。

可以想见点点的挫败与委屈。它用力地蹭我的腿,我看见,它的眼珠都变红了,里面有燃烧的愤怒,可是,它还必须压抑住它。我摸摸点点的头,算是对它的安慰,虽然它想要的并不是这些,并不只是这些。

兔子依然在桌前。它的脑袋里只有食物,只有肆无忌惮。

点点发出怒吼,它炸起了满身的毛:这是点点最后的招数,它怨恨,感叹不公,恼怒我们的忽略和纵容,恼怒我们对它控诉的罔闻……兔子跳开了,而我妻子的呵斥也过来了。我说过我们的点点是只聪明的狗,也是一只怯懦的狗。它只得带着满肚子的委屈,把自己压低,缓缓朝一个角落里走去。

它在那个远远的角落里,趴下来,瘫软着,像死掉了一样。现在,我猜测,那时它的肺里应当充满了汹涌的气,而它却不能表现出来。我们的点点,在角落里,郁郁寡欢,不看我们一眼。不看我,不看我的妻子,我的儿子,也不看那只兔子。它大概希望我们能看到它的不满,可我们又一次忽略了它。

饭后。我经过它的身侧,叫它,点点,它马上显示了欢快,用力地摇动着尾巴,只是,眼角上还挂着泪水。它跳跃着,讨好着,像什么事也没发生。

这是多年之前的事了,在写下这段文字的时候,我们的点点已经进入了动物的天堂。但愿它们的天堂不和人类的挨在一起。写下这段文字的时候,我的心里油然生出些酸楚,为我们,委屈的点点,压抑的点点。我也知道,无论我写下什么,都无法对它有所补偿。

如果重回旧岁月,如果点点没死,我们和它之间也许还是老样子,它把对我们的讨好已完全变成了自己的本能,最大的本能,它不太奢望我们能了解和理解它的心情,只要,我们能对它好一点儿,给它些善颜,就足够了。它要的何其少,就像,就像……

两棵树

安溪清水岩。有两棵树让我印象深刻，几日后，在赶往北京的火车上，我竟然又一次想起它们的树影，那样清晰——我无法将树"移植"到北京的院子和我的房间，但我感觉自己"移植"了树影。它会，并且一直会在我的心里获得根深叶茂的生长。

一株是茶树，它的一侧立有一块石碑，"铁观音母树"。如

/ 两棵树 /

果不是这块石碑,我大约不会注意到它,它有着它的繁茂,有着飘浮着淡然的清香的叶子,现在想起来感觉它并不是一株树,而是一丛树——对我这个北方人来说,让我把它和"铁观音母树"联系在一起是万难的,如果不是那块竖立在那儿的石碑,我想我可能以为给我介绍的人是在说谎,他不过是随意给我指了一棵怎样的树,就开始夸夸其谈。可是,它是,它就是。

这是一个不张扬的母亲。一个甚至有些"蓬头垢面"的母亲,她没有因为自己的女儿(包括她自己)的显赫而如何如何,她只是那样坚持着、生长着,开枝散叶,奉献着……它让我实在惊讶。当我拿到主人递过来的茶,闻到那种独特的茶香的时候依然有着恍惚,它怎么会是……

在火车上,我突然觉得它就是,就应当是它才对。这株母树,它不应当高大雄伟,它不应当有怎样的独特和突出,它不应当……在我们的传统中,中国的母亲与它又何其相似!它没有炫耀,无论是不是具有炫耀的资本。即使有,它也不看重。它大约也不喜欢那种被拔出的"高度",它不需要,它需要的只是生着活着,用一种含辛茹苦的平常样子将子女们养好、养大,然后由它们四散而去,拥有自己的成长和生活。在中国,这样的母亲，这样的故事是何其多啊。那，作为"铁观音母树"的它，为什么不可以如此呢？为什么不能如此呢？

它当然能，当然可以。它就是这样地存在着的。在我看来，它，是一种特殊的提醒。对我来说。

两棵树，现在我应当提及另一棵树了。它是一棵樟树。和"铁观音母树"的那棵茶树不同，这棵樟树极其高大、威壮，"须仰视才"——即使我们伸长了脖子，也无法在树下看清它高达31米的树冠之顶。树围则是让人惊叹的6.9米，我们同行的朋友们在树下"枝枝向北"的石碑旁合影，这一比较更让那棵樟树的高大雄壮显现得淋漓。

"枝枝向北"——是的，它枝枝向北。这是一棵完全不顾自然的生长规律而坚持着"我行我素"的大树，它是一棵把骨子里的坚韧和强硬硬生生地表现在外在的大树，它是一棵绝不肯有半点儿妥协以换取什么的大树。在我所读到的关于它的资料中说，"枝枝朝北千年古樟在蓬山主峰中仑、觉亭之畔，耸天雄踞。"此樟相传为祖师手植，树高31米，围6.90米，主干劲直，而枝叶均迂回北拂，故得名"枝枝朝北"，为清水古地一大奇观。朝北古樟颇具灵性，其北拱之枝叶回护三忠庙，似以表证"三忠"向北之耿耿忠心。又传，祖师家乡永春在岩之

/ 两棵树 /

北,此树枝枝北向,表达了祖师的思乡之情。另据旧志载,"昔有官府派人到岩,欲砍此樟造船,岩寺住僧极力劝阻不止,匠人动斧,差人七孔鲜血,匠亦自伤其足,始知乃神树也。"

　　祖师是谁,大约无从可考,而我也不愿意他是一个具体的人,我更愿意他是抽象的代指,是另一类人,那一群人:他们是北方人,中原人,是一个或一群命运多舛、被迫背井离乡的人,是一个或一群心怀着天下和苍生,却郁郁不得的人,是一个或一群被旧有的命运放逐到远方却始终有所牵绊的人……是的,是他们,植下了这棵樟树,而这棵樟树出自他的灵魂,于是,它沾染上了那位祖师的相思、倔强,和不移的信念。于是,这棵樟树,竟然把每枝伸展出去的枝条都拧绕着向北,其实对这棵樟树来说也是一件极为艰难和有着痛苦感的事。但它坚持,不肯放弃。这一坚持它竟然用了数百年,甚至是上千年,之后的岁月大约它还会如此。《清水岩质》中收有一诗,诗云:

　　　　　　　岩外名樟占一隅,
　　　　　　　枝枝向北与他殊。
　　　　　　　无知草木犹如此,
　　　　　　　寄语人间士大夫。

"无知草木犹如此,寄语人间士大夫。"这句话读得我血脉偾张,甚至——它,如果有个名字,应当就是"士大夫树"吧,但愿我们的士大夫们能够像它,都如它这般……

两棵树,在安溪清水岩,这两棵树让我挂怀。它,在我看来应当是中国传统精神中的两种象征:母亲的母性的,士大夫的。母亲的树,不张扬不显赫,只有安静和自然而然的呵护,那些爱与苦都是内敛的、含蓄的,如果不去细品它的味道不会传到你的味蕾中;而士大夫的树则是高大、坚韧和固执的,它真的是威武不能屈,能让它有所屈的只能是它的信念、怀望和精神的故乡。